전략경영

전생자 11

초판 1쇄 인쇄 2019년 4월 5일
초판 1쇄 발행 2019년 4월 19일

지은이 나민채
발행인 오영배
편집 편집부
일러스트 eunae
본문편집 오정인
제작 조하늬

펴낸 곳 (주)삼양출판사 · 드림북스
주소 서울시 강북구 도봉로 173
대표 전화 02-980-2112 **팩스** 02-983-0660
편집부 전화 02-987-9393 **팩스** 02-980-2115
블로그 blog.naver.com/dreambookss
출판등록 1999년 3월 11일 제9-00046호

ISBN 979-11-283-9630-4 (04810) / 979-11-283-9410-2 (세트)

드림북스는 (주)삼양출판사의 판타지 · 무협 문학 브랜드입니다.

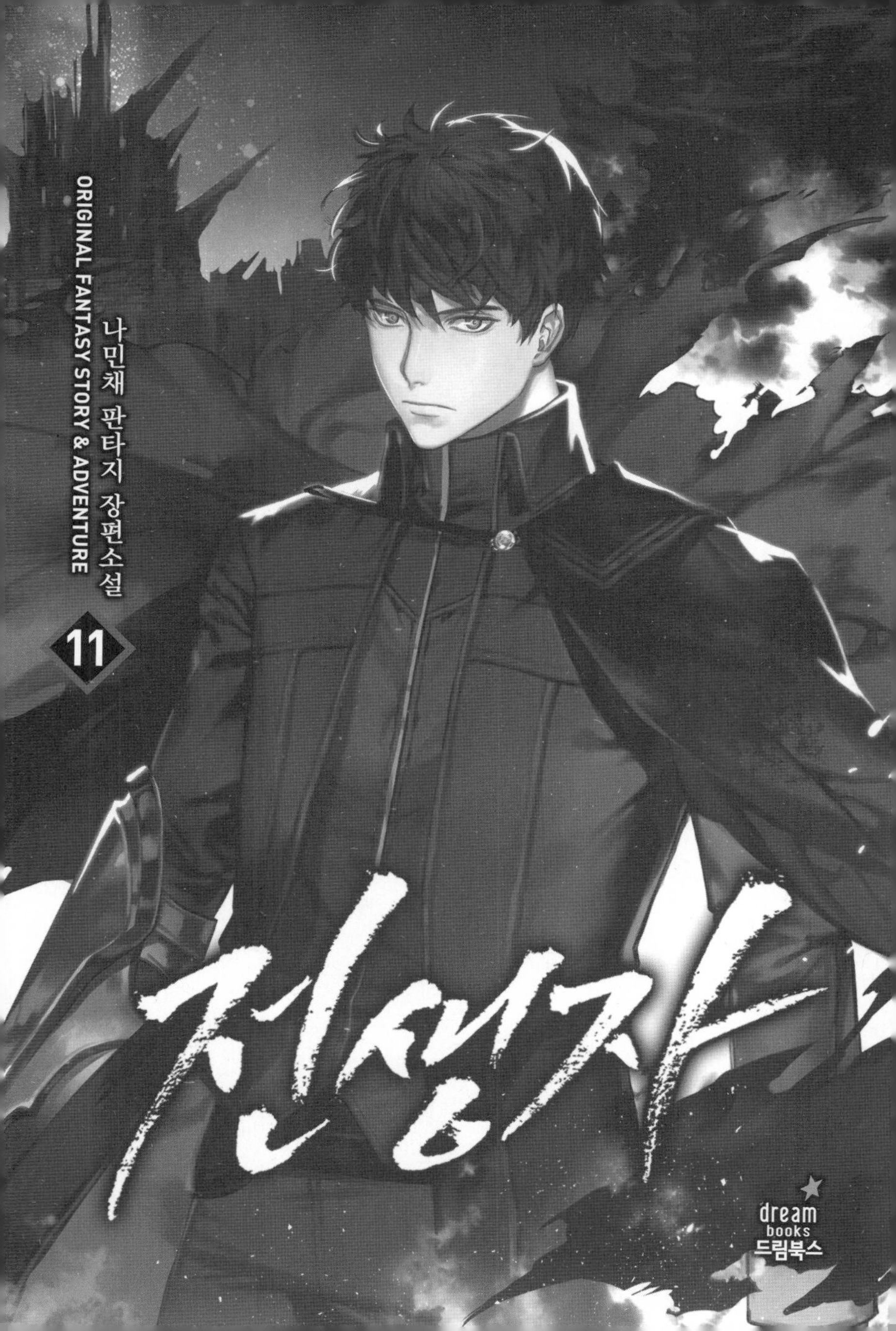
ORIGINAL FANTASY STORY & ADVENTURE
나민채 판타지 장편소설
11
전생자
dream books
드림북스

목차

Chapter 1.

　태한은 오던에게로 향하는 짐칸 안에서 팔을 베고 누워 있었다.

　혼자서 이만 명을 상대했을 뿐만 아니라, 남방의 권력층들을 일거에 도려내 버린 괴수. 같은 사람의 능력이라고는 볼 수 없는 괴수.

　그 괴수의 아가리 속으로 끌려가다시피 하고 있지만, 태한은 괜찮았다.

　이러나, 저러나.

　어떤 방향으로 치닫든 이득이 될 수 있었다.

　　　　＊　　　＊　　　＊

　97년 IMF 외환 위기 시절.

　대현, 대후마저도 부도를 맞이했는데 일성 그룹이라고 다르지 않았다.

　태한은 몬스터들이 차원을 비집고 들이닥친 날보다도, 그래도 세계 경제가 온전한 것보다도, 독일 카르얀 그룹의 총수 조슈아 폰 카르얀의 예고대로 시작의 장이 펼쳐짐과 동시에 자신도 여기에 진입하게 된 날보다도.

　20여 년 전의 그 시기야말로 제일 인상 깊었다.

　돌이켜 볼 때마다 그랬다.

　자신의 인생에서 전환점이 된 시기였다.

　단언컨대 자신은 일성가(家)의 2녀 3남 중 막내로 태어나, 일성의 왕권에 도전할 자격이 없었다.

　승계 구도가 분명했다. 덜떨어진 형들보다 장녀였던 누이.

　출가외인이라는 여성의 한계를 극복할 만큼 뛰어난 누이였다.

　그러니 창업주였던 아버지는, 97년 외환 위기 당시에 다른 형들 대신 누이에게 일성 그룹을 완전히 승계해 버린 것이었다.

"섭섭하냐?"

"큰 형님이 섭섭하시겠죠. 그런데 왜 누나에게 승계하신 거예요? 아버지, 아직 정정하시잖아요."

"전일 인베스트먼트. 코쟁이 자식들."

"……대후 건으로 끝난 게 아니었어요?"

"욕심이 배 밖까지 나온 놈들이다. 된통 당했어. 그것들에게 지배 지분이 넘어갔다. 네 누이에게 우리 쪽 지분을 합쳐 두긴 했다만, 코쟁이들에게 넘어간 것에는 훨씬 못 미칠 거다."

"누나가 어련히 잘 해결하겠죠."

"미꾸라지를 운반할 때 어떻게 하는지 알아?"

"……."

"메기 한 마리를 넣어 두지. 그러면 잡아 먹히지 않기 위해 발버둥 치거든. 긴장을 조성하는 거다. 태한아."

"예. 아버지."

"내일부터 회장 비서실로 가라. 네 누이 곁에 있어."

아버지의 착각이었는지 의도한 것인지는 모를 일이었다.

하지만 분명한 건, 그것이 구태여 짓누를 수밖에 없었던 야심을 점점 키우게 된 계기가 되었다는 것이었다.

그때부터 누이를 도왔다.

전일 인베스트먼트가 하루가 다르게 커져 가다가, 종국에는 한국 경제를 집어삼킨 시기였다. 그들이 마음대로 주주 총회를 열고 높은 배당을 감행하는 일도 허다해졌다.

재통령 박충식.

한국 경제의 그 흑막이, 본가의 지배 지분을 빌미로 누이를 겁박할 때마다 둘 사이에서 문제를 원만히 풀어 나갔던 게 바로 자신이었다.

표면상으로는 그랬다.

'그랬었지.'

누이는 셈이 빠르고 영악했다.

자신의 속셈을 진즉 눈치챘으면서도 곁에 뒀다. 전일 그룹의 창칼을 막는 방패로 사용했었다.

한시 한시가 목숨이 위태로운 날들이었다. 정확히는 목숨보다 더 가치 있는 '실장'의 지위에서 언제고 낙마할 수 있는 상황이었다.

물론 누이도 똑같은 위기감을 언제나 달고 살았겠지만 말이다.

어쨌든 누이의 곁에 있으면서 속칭 '실'의 파워를 키워 나갔다.

재통령 박충식이 서식하는 전일 그룹의 경제 이사실을

그대로 따오긴 했다만 구조만 그들의 것을 차용한 게 아니었다.

누이만큼이나 영악한 전일 그룹의 경제 이사실이지 않은가.

그들은 모 그룹의 압도적인 금력으로 채찍질을 가하고, 아래로는 휘하 대후 그룹을 창구 삼아 공직자들에게 서슴없이 돈을 찔러줬다.

물론 그때도 지금도, 자신에게 전일 그룹 같은 금력은 없다.

하지만 공직자들의 주머니를 채워 줄 돈 정도는 있었다.

한번 주면 계속 줘야 하고, 많이 주다 적게 주면 안 주는 것만 못하다. 재벌의 돈을 받는 걸 권력을 누리고 있는 증거라 여기는 정치인들에게는 더 많은 돈을 밀어 넣어야 한다.

돈을 아끼지 않았다. 필요하다면 사비로 충당하기까지 했다. 일성가의 사장단을 포섭하는 것도, 전일 그룹의 주요 인사와 친목을 공고히 하는 것도.

공직자와 정치인들에게 뇌물을 먹일 때처럼 은밀하게 수행했다.

그래도 현실은 안방인 회장 비서실을 제외하고 나면 사방이 적이라 할 수 있었다.

재주는 곰이 부리고 돈은 왕서방이 번다고, 전일 그룹에서는 반도체 사업부와 스마트폰 사업부의 수익금을 쥐어짜기 위해 혈안이 되어 있었고.

마찬가지로 전일에게서도 꾸준히 돈을 먹어 온 정치인과 공직자들은 전일의 압박으로부터 일성을 지켜 주지 못했다.

한데 그게 무슨 상관이었겠는가.

물론 처음 목적은 누이를 견제하고 종국에는 전일 그룹으로부터 일성의 지배 지분을 되찾아 오는 데 있긴 했었다.

전일 게이트를 규탄하는 시위가 커져 갈 때까지만 해도, 시위 단체들을 지원했었다.

하지만 그날.

전일 그룹이 프랑스의 위대한 가문, 골드슈타인을 함락시켜 버린 날에 말이다.

그는 며칠간 밤잠을 못 이루는 전율에 휩싸였다.

골드슈타인을 집어삼키다니?

제아무리 외국계라고 해도 모토를 한국에 두고 있는 그룹이 전일 아니던가!

예컨대 전일 그룹은 샤를 그룹 같은 곳이었다.

샤를 그룹처럼 한국에서 부흥한 것도 한국인이 창립주인 것도 아니었지만, 샤를 그룹이 한국 기업으로 인식되고 있는 것처럼 전일 그룹도 그랬다. 실제로 전일이란 이름은 한국에서만 사용됐었다.

그러니 그 전일이란 이름이 한국을 넘어서 프랑스까지 집어삼켜 버린 건, 실로 엄청난 충격일 수밖에 없었다.

대후의 창업주는 세계는 넓고 할 일은 많다고 떠들어 대기만 했을 뿐 철창신세를 면치 못했다.

대현의 창업주는 후계 구도를 분명히 하지 않아 기껏 일으켰던 왕국이 갈가리 찢겨 나갔다.

그리고 아버지인 일성의 창업주는 정작 정적이 될 자신을 누이 곁에 심어 두고 일선에서 물러나 버렸다.

모두가 좁은 한반도에서 난리 법석일 때. 그나마 반도체 사업부와 스마트폰 사업부가 세계 경제의 주역으로 성장했다고 자화자찬하고 있을 때.

전일 그룹은 시장 한구석이 아니라 유럽 강대국 하나를 통째로 집어삼켰던 것이다.

그날부터였다.

전일 그룹에게서 일성의 지배 지분을 되찾아 오겠다던, 소용없는 짓은 그쳤다.

사생결단.

비축한 모든 힘을 누이의 목을 치는 데 쏟아부었고 성공했다.

비록 지배 지분뿐만 아니라 일반 지분들까지 전일 그룹의 창고에 들어가 있다 해도, 회장실을 차지하고 앉아 최종

결정을 내리는 건 다름 아닌 자신.

일성 그룹의 총수, 이태한이다.

그래서였다.

오딘에게 가는 길이 이십 년 전 처음, 회장 비서실로 출근하던 날처럼 느껴졌다.

왜 겁을 먹겠는가.

도리어 당시보다 상황이 좋았다. 그때처럼 맨손부터 시작할 것도 없다.

돌아가는 상황이야 진즉에 파악이 끝났다.

그러니 자신에게 충성을 바치고 있는 사람들 전부와 함께 들어갔다가 내부에서부터 때를 준비하는 거다.

최종장 초기, 본시 열 개 구역을 장악하고 있던 세력을 점거했을 때처럼.

하지만!

'제일 중요한 바는 오딘의 힘이 어디까지 미칠 수 있냐는 것이지.'

그것부터 제대로.

*　　　*　　　*

"그리로 가면 우회하게 됩니다."

"가는 것도 오는 것도 최대한 서둘렀지 않았습니까. 시간은 충분해요. 북방의 왕에게 참살의 현장을 보여 주는 것이 오딘 님께 꼭 나쁜 것만은 아닙니다."

"그자의 편의를 봐주는 건 그만두시죠. 우리의 적이고, 오딘 님의 적입니다."

"참 답답하네요. 우회한다고 해 봐야 반나절 정도밖에 더 걸리지 않는 거리고, 북방의 왕도 참살의 현장을 보면 많은 걸 깨달을 겁니다."

"더 깨달아서 뭣 하려고요. 이미 쫄아서 조용하지 않습니까."

"모르세요? 저자 한마디면 북방 놈들이 밀려옵니다. 그런 일이 일어나지 않도록 하자는 겁니다. 당신 말마따나 더 쫄게 만들어서, 시도조차 하지 못하게. 오딘 님께서도 그러려고 북방의 왕을 소환하신 겁니다."

"……북방으로 돌아가지도 못할 것 같은데, 뭐 일단은 알겠습니다. 경유하죠."

언성이 높아지고 있던 대화 소리가 그쯤에서 그쳤다.

이윽고 태한은 혈겁이 있었다는 장소에 들를 수 있었다.

당시의 참상이 그대로 남아 있었다. 도로는 시꺼멓게 그을려서 핏물로 떡져 있었으며, 유령 마을의 모든 건물은 무너져 있었다.

제일 눈에 띄는 건 거대한 폭발이 있었던 곳이었다.

태한은 운석구처럼 파인 곳의 정중앙으로 들어가서 주변을 둘러보았다.

시작의 장이 시작되기 몇 시간 전.

상급 게이트에서 나타난 몬스터들에게는 바깥의 화기가 통하지 않았었다.

이제야 알게 된 것인데 바로 방어막 때문이었다.

2장 첨탑의 보스 몬스터인 석상들도, 최종장의 부대장급 이상들부터도 방어막을 두르고 나타났었다. 그리고 자신도 수준급의 방어력을 보유하고 있는 중이다.

추정컨대 바깥의 화기는 방어막에 큰 영향을 주지 못할 것이다.

하물며 오딘에게는?

온갖 고귀한 아이템으로 휘감고 있는 데다가 초인적인 속도로도 움직일 수 있는 오딘은, 사실상 현대 화기로는 대적할 방법이 없는 인사였다.

그럴 일은 없겠지만 태한도 군부를 상대로 해야 한다면 염려되는 바가 크게 없었다.

결과적으로 각성자는 각성자들에 의해 통제될 수밖에 없다.

군부가 통제할 수 있을까?

천만에.

브론즈, 실버, 골드. 그 정도 수준에 그친 녀석들은 가능할지 몰라도 그 이상부터는 더 위의 각성자로 통제해야 한다. 그러한 각성자들을 확보해야 하는 게 군부의 입장이건만, 현실적으로 불가능할 것이다.

왜냐하면 세계 자본 세력들이 이를 가만히 두고 보지 않을 게 분명하기 때문.

세계 각성자 협회를 창설한 카르얀 그룹의 총수부터가 자본 세계의 사람이었다.

확신하건대 각성자들은 민간의 자본 시장 안에서 맴돌게 되어 있다.

쓱쓱.

태한은 구덩이에서 나와 도로의 재를 손으로 쓸어 냈다.

도로를 깨트리고 움푹 꺼트려 버린 발자국들.

그리고 그것이 스쳐 지나갈 때 남겨진 도로의 상흔들은 마치 거미줄처럼 어디에나 이어져 있었다.

"호……."

그저 이동한 것만으로도, 그 속도에 의해 도로에 흔적이 남겨져 있는 것이다. 얼마나 빠른 속도였을지 예상되지도 않았다.

골드 위성 공대장에게 들은 것처럼 정말로 잔영이란 게

보였을지도 몰랐다.

일반적인 물리 공격은커녕 스킬들을 맞출 수 있기나 할까. 그렇다면 방어력을 계산할 필요조차 없는 인사다.

하물며 얼마나 강력한 공격들을 찰나에 꽂아 넣을 수 있을까. 그렇다면 공격력을 계산할 필요조차 없는 인사다.

어떤 스킬과 특성을 보유했는지 갈 필요도 없이, 사대 능력치만으로도 여기에서 절대자로 군림할 수 있는 인사였다. 오딘은…….

'이 정도까지였나? 핵폭탄이 생명을 가진 격이야. 이러니 상대가 안 될 수밖에. 2만? 20만을 데려다 놓았어도 같은 결과였을 거다.'

오딘을 무너트리고자 한다면 한 가지 방법밖에 없어 보였다.

그것이 환멸이든, 체념이든, 무관심이든.

오딘 스스로 떠나가게 만드는 것.

하지만 과연 오딘에게 공작을 펴는 것이 일성의 미래에 이로울까?

아니다.

전 세계의 자본 시장을 볼 것까지도 없이 한국만 해도 한 개 자본 세력, 전일 그룹에 의해 장악되었고 이는 몇 세대가 흘러도 절대 깨지지 않을 철옹성과 같았다.

그런데 걸어 다니는 핵폭탄 취급을 받을 자가 나타났다.

오딘이 돈으로 회유가 가능한 자라면 전일 그룹, 그 이상의 조나단 투자 금융 그룹 같은 초거대 자본 세력에 회유될 일이다.

한데 천공 길드의 십대 공대장들이 저질러 놓은 일을 보면 그럴 가능성은 적었다.

천공 길드의 십대 공대장들은 바보가 아니다. 잔꾀 많고 영악하며 능구렁이 같은 거짓말쟁이들의 틈바구니 속에서 살아남은 자들이다.

그들부터가 오딘을 회유하는 게 불가능하다고 판단했기 때문에 그런 일을 저질러 버렸을 터.

또한 시작의 장 초입부터 마석 경제를 일으킨 것이나, 최소한의 개입만으로 암중에 천공 길드를 지배하고 있던 것이나, 그가 카르얀 그룹의 인사일 것을 생각해 보면.

재리(財利)에 뛰어나고 정치에 민감한 사람이란 걸 알 수 있다.

그런 자가 핵폭탄급의 무력을 지니고 서울로 돌아간다.

아니, 카르얀 그룹이 창립한 세계 각성자 협회로.

세계 각성자 협회는 전 세계의 모든 시장과 정치권에 막대한 영향력을 행사하게 될 것이다. 카르얀 그룹에는 조나단 투자˚금융 그룹과 견줄 수 있는 힘이 집약될 것이다.

답은 거기에 있었다!

오딘과 카르얀 그룹이 자신의 일성을 후원해 준다면.

그렇다면.

전일 그룹에 빼앗긴 일성의 지배 지분을 되찾을 길이 열릴지도 몰랐다. 더 나아가 일성이 전일과 어깨를 나란히 하는 날이 올지도 몰랐다.

실로 복잡한 자본 세계의 정치가 돌아가겠지만…….

태한이 몸을 일으키며 말했다.

"됐다. 이제 오딘을 뵈러 가자."

직접 대면하고 나면 더욱 분명해질 것이다.

＊　　　＊　　　＊

적은 경험치지만 시간을 죽이고 있는 것보단 나았다. 남단의 구역 끝에서 사냥을 마치고 돌아왔다.

연희가 기다리고 있길 기대했건만, 내 거처에서 서성거리고 있는 녀석들은 북방으로 보냈던 두 녀석이었다.

김윤철과 최상민.

스스로를 북방의 왕이라 자처했던 것은 길드 회관에서 나를 기다리고 있다 했다.

김윤철이 보고를 끝내고 나간 뒤.

머뭇거리면서 남아 있던 최상민이 조심스레 입술을 열었다.

"김윤철과 북방의 관계가 심상치 않습니다. 오는 내내 편의를 봐주는 데 신경 쓰고, 밀담을 나누는 걸 목격한 것만도 수차례였습니다."

"알았다. 데려와."

"김윤철을 말입니까?"

"북방의 왕이라는 녀석."

잠시 후 북방의 왕이라는 것이 투구로 얼굴을 가린 채 들어왔다.

"북방의 왕? 굉장한 이름을 쓰고 있더군?"

"길드를 운영하기 위해선 그편이 편했습니다. 처음 뵙겠습니다. 오딘. 저는……."

녀석이 투구를 벗으려고 양손으로 그것을 움켜쥐었을 때.

내가 뇌까렸다.

"두 가지다. 마석 경제를 해치지 말 것. 사냥터를 통제하는 등으로 하위 구간 각성자들의 성장을 막으려 하지 말 것. 그 두 가지만 지키면 천공 길드 전부도 네 것이다."

녀석은 조용했다.

생각도 못 했던 방향이었던지 그대로 굳어 버려서 한참을 가만히 있었다.

그러다 녀석이 투구를 벗었다. 익히 알고 있는 얼굴이었다.

일성 그룹 총수, 이태한.

혹시나 싶었는데 나와 같은 무대 안에 있었다. 과거의 무대와 다른 무대로 진입하게 된 이후로 녀석과 같은 무대에 속할 확률은 반반이었다.

한국인들이 치렀던 1막의 무대는 세 개로 알려져 있었다.

십만 명씩 세 그룹.

전의 무대에서 녀석과 같이 시작하지 않았으니, 녀석은 이번 무대에 있거나 남은 다른 무대 속에 있을 수밖에 없던 것이었다.

"이…… 태한입니다. 일성 그룹에서…… 에서…….."

녀석은 당혹한 기색이 가득한 표정을 숨기지 못했다.

"그 두 가지를 어긴다면 십대 공대장이란 것들의 전철을 고스란히 밟겠지."

"이렇게까지 일으켜 두신 것을 제게 왜…….."

그런 소리가 종종 들리지만, 사실은 다르다.

길드를 창립하고 지금의 토대를 만든 건 이수아지 내가 아니다.

마석 경제를 일으켜 준 것만이 내가 개입해 둔 부분.

물론 이수아가 길드를 세우고 손쉽게 장악할 수 있었던 이유를 모르는 바 아니지만, 길드 창립은 순전히 이수아의 머리에서만 시작됐고 그녀의 혀와 손끝에서 이뤄졌다는 것이 진실이었다.

나는 거기까지만 말하고 몸을 일으켰다. 용무는 끝났다.

이로써 내가 속해 있는 무대는 하나의 세력으로 통일되어, 2막에서 큰 경쟁력을 가지고 시작하게 될 것이다.

사전 각성자라고는 단 세 명밖에 없는 우리나라인데 그나마도 한 명은 신경아에게 죽임을 당했다. 거기다 천공 길드의 주력들이 나를 도모하려다 낙오당했고.

그러니 차후 각성자 세계에서 우리나라가 밀려나지 않기 위해선 이렇게라도 해 줘야겠지.

애증뿐인 나라라고 해도 모국은 모국이지 않은가.

우리 가족과 우리 가족들이 사랑하는 사람들이 살아가야 하는 나라 말이다.

뜻밖의 상황에 눈을 깜박이는 것조차 잊고 있는 녀석을 지나치며 마지막으로 말했다.

"날 다시 만나게 되는 일이 없게 해라. 이태한."

＊　　＊　　＊

돈을 다루는 부서와 사람에게 권력이 쏠린다.

그래서 재무팀 안에서도 실제로 비자금을 관리하는 관리 담당의 위세가 높았다.

공직자와 정치인들에게 뿌리는 돈들이 어디에서 나왔겠는가. 비자금은 힘의 원천이다.

관리 담당의 위세를 말하자면 계열사 사장들이라 해도, 그를 만나기 위해선 1년 전에 선약을 잡아 둬야 할 정도였다.

관리 담당이 회장의 측근 중에서도 측근으로 불리는 이유가 거기에 있다.

전임 회장이 태한을 그의 누이에게 붙였을 때, 그의 누이에게 관리 담당을 넘겨 주었던 것도 그러한 이유에서였다. 또 태한이 관리 담당을 포섭하기 위해 오랜 시간 공을 들였던 것도 마찬가지.

그런데 자본 세계의 룰이 시작의 장에서도 돌아가고 있었다.

처음에는 마냥 흥미롭기만 할 뿐이었다. 하지만 마석이 융통되는 범위는 광범위했다.

천공 길드의 개개인 무력은 북방보다 다소 높은 편이었는데, 그 까닭이 마석 경제 때문이란 걸 어렵지 않게 깨달을 수 있었다.

해서 북방을 통일한 이후에도 마치 전염병처럼 전파된 그들의 마석 경제 시스템을 구태여 막지 않았다. 오히려 융성해지도록 유도했다.

본래 태한이 포섭하고 싶었던 사람은 골드 공대장이자 마석 은행장인 주판석이었다. 그런데 십대 공대장 급의 인사들은 이미 견고한 기득권을 형성하고 있는 탓에 포섭이 어렵다고 판단.

차선으로 부공대장 급에서 찾았었다.

기적 부공대장 김지훈.

그가 제격이었다.

다른 인사들과는 다르게 바깥에서 흙수저 인생을 살아왔었기 때문에, 성공에 대한 열망으로 똘똘 뭉친 사내였다.

바깥에서는 왜 성공하지 못했나 싶었을 정도로 눈치 역시 기가 막히게 좋았다.

보라.

십대 공대장과 부공대장이 모두 몰살당할 때 저 혼자만 살아남았지 않은가.

북방으로 돌아온 태한은 측근들과 회의를 마친 뒤, 지훈을 따로 불렀다.

"회장님께서 건강히 돌아오신 모습을 뵈니, 이제야 마음 놓을 수 있겠습니다. 남방으로 떠나셨다는 말을 들은 후부터 줄곧 조마조마했었습니다."

"참상이 일어났던 곳도 들렀다. 그래서 더 이해가 안 되더군. 거기서 어떻게 살아남았지?"

"이전에도 말씀드렸다시피…… 오딘이 나타날 것을 대비하고 있었습니다."

"난 능력 있는 사람들을 사랑하지. 자네처럼 개천에서 용 난 격인 사람들은 더욱이 그래. 하지만 알 거야. 거짓말하는 것들은 내 곁에 두지 않아. 그러다 들킨 것들에게는 반드시 응징을 가하고."

"거짓이 아니었습니다. 다만 말씀드리지 못한 것은……."

뻔했다.

오딘이 나타날 것을 대비하고 있었던 것까지는 사실이지만 설명하지 않은 게 있다.

태한의 눈이 가늘어졌다. 지훈이 황급히 입을 열었다.

"제가 후방으로 빠진 시점인데, 그때는 이미 전투 상황이 종결되었을 때였습니다. 권성일과 대적할 때만큼은 저도 다른 이들처럼 치열하게 싸웠었습니다. 믿어 주십시오. 회장님. 저 동료를 두고 혼자 내빼는 놈 아닙니다."

"김 공대장."

"예. 회장님."

"다음부턴 보고 사항을 네 임의로 빠트리지 않는 게 좋겠지?"

말투는 온화해도 눈빛이 서늘했다.

"예."

"그럼 다시 생각해 봐."

"예?"

"오딘에 대해서 말이다. 빠트린 것 없나? 자신할 수 있나?"

"오딘은 당시에도 유별난 자였습니다. 저는 물론 어떤 동급생들하고도 어울리지 않았습니다."

"그렇게 기억에 남는 동창생이었다면 이름 정도는 기억할 수 있는 것 아닌가."

"이름이 뭐 대수라고, 왜 말씀드리지 않았겠습니까. 나씨 성 외에는 기억나지 않습니다."

"신응중이라 했나?"

"예. 00년 졸업생입니다. 남방에서는 없었지만, 북방에는 있을지도 모르겠습니다. 권한을 주신다면 동창생이나 교직원이나…… 관련된 사람이 있는지 뒤져 보고, 어떻게든 최대한 추적해 보겠습니다."

"남방으로 가는 동안 진행해."

그 순간 지훈의 안색이 창백해졌다. 태한에게 추궁을 받았던 직전보다 순간 더 하얘진 안색으로, 목소리까지 떨려나왔다.

"외람된…… 말씀이지만 오딘이 절 살려 두지 않을 겁니다. 그리고 저까지 남방으로 떠나게 되면 맡기신 일을 또 어떻게 진행할 수 있겠습니까. 회장님. 혹시 오딘이 저를?"

"오딘은 없다. 남방과 북방으로 갈라진 상황도 종결되었지. 이제 조용히 따르겠나?"

＊　　　＊　　　＊

이미 오딘의 언질이 있었기 때문이었다.

마찰은 없었다.

태한이 제 사람들과 남방으로 들어와서 제일 먼저 한 일은, 포섭 대상으로 물색해 놓았던 남방인들을 거둬들이는 일이었다.

공격대를 가지고 있는 인사들이었고 그들은 대체로 바깥에서도 이미 성공을 누렸던 자들이었다. 태한은 한 명씩 만남을 가졌다.

지금까지는 측근들에게만 밝히고 그 외에는 항상 투구를 쓰며 신분을 감췄던 태한이었으나, 더는 그럴 까닭이 없었다.

남방인들에게 남아 있는 북방을 향한 경계심을 지워 나가기 위해서는 없던 신분이라도 만들어 내야 할 판이었다.

그렇게 천공 길드는 사라졌다.

일성 길드로 통합됐다.

전 구역의 각성자가 하나의 문장 아래 운집됐다.

"와아아아!"

즉위식이나 다름없던 행사가 끝난 후.

태한은 거처로 돌아왔다.

맞은편으로 오딘의 거처가 보이는 건물이었는데, 그날에도 오딘과 오딘의 심복은 다시 나타나질 않고 있었다.

텅 비어 있지만, 여전히 오딘이 거기에 있을 것만 같은.

그러한 존재감이 서린 거처를 맞은편에 둔 건 순전히 태한의 선택이었다.

항상 눈앞에 두고 잊지 말아야 할 일이었다.

세상에는 공짜가 없으니까.

무턱대고 천공 길드 전체를 떠맡겨 버린 것처럼, 언젠가는 그 이상의 대가를 요구해 올 날도 필시 있을 것이다.

그래서 솔직히 태한은 기쁨을 만끽할 수 없었다. 긴장된 마음이 컸다.

생각도 못 해 본 방법으로 된통 당해 버린 기분.

부처님 손안의 원숭이 같이 오딘의 시선 안에 갇혀 버린 기분.

의중을 도무지 짐작할 수 없기 때문에, 오딘이 천공 길드를 던져 버리고 난 날부터 줄곧 그러한 기분을 달고 살았다.

오딘과 카르얀 그룹의 후원을 얻어 일성의 지배 지분을 되찾아 오겠다던 계획은 시도조차 하지 못하고 백지장이 되었다.

첩보 공작을 펼치는 등, 남방을 도모하기 위해 준비하고 있던 모든 작업들이 아무런 쓸모 짝에도 없게 된 것처럼 말이다.

그때 지훈이 찾아왔다.

"당시에 국어 교사로 있었다 합니다."

육십을 바라보는 여자가 지훈의 뒤에서 허리를 숙이고 있었다.

*　　　*　　　*

"교사 평생 제일 인상 깊은 학생이었어요. 그리고…… 2학년 신학기 반을 편성할 때가 기억나요. 선후가 졸업한 후로도 15년을 더 재직했었지만, 교내의 문제아들을 한 반에 몰아넣은 건 그때밖에 없었거든요. 덕분에 그 해는 아무런 말썽도 없었어요."

오딘의 이름은 나선후였다.

"가정 환경도 기억하나?"

"예. 하고 말고요. 선후의 아버님께서도 유별나신 분이셨어요."

"어떤 식으로?"

"선후가 수업 태도는 불량했지만, 성적은 제일 우수했거 든요. 기대가 컸죠. 학교를 오랫동안 빠지는 일이 빈번했 었는데 그걸로 교내 회의가 여러 번 있었어요. 하지만 선후 아버님께서는 자식 교육 방침에 터치하지 말라고 역정 내 셨다 해요. 출석 일수만 채우면 상관없지 않느냐는…… 뭐 그 런…… 당시의 교감이셨던 이판수 선생님께서 직접 담당하 셨기 때문에 저는……."

여자는 긴장한 기색이 다분했다.

"천천히 해도 돼. 차분히 기억나는 대로만. 그렇다고 없 는 이야기는 지어내지 말고."

"예. 예."

"뭘 하던 사람이었나? 선후 아버님은?"

"그때는 그렇게 크게 되실 분인지 몰랐어요. 나중에야 동료들이 그러더라고요. 선후 기억하냐고요. 선후 아버님 기억하냐고요."

"크게 되실 분?"

"전일 은행의 장까지 올라가셨대요. 들은 대로만 말씀드 리는 거예요. 사실인지는……."

태한의 눈이 부릅떠졌다.

전임 전일 은행장, 나전일!

그가 퇴임하기 전인 몇 년 전까지만 해도, 빈번히 교류하던 사회 지도층 인사 중에 한 명이었다.

틀림없었다. 나씨 성이 흔한 게 아니니까.

갑자기 태한의 얼굴이 심각하게 굳어지자 여자는 불안한 시선으로 바닥만 쳐다보았다.

태한은 여기에서 했던 이야기들을 두 번 다시 발설하지 않겠다는 확언을 받고, 높은 레벨의 장신구를 건네주었다.

아이템 레벨만큼이나 높은 책임과 의무를 잊지 말라는 뜻으로.

'오딘이 전일 순혈이었나? 그런데 왜 카르얀 그룹과…….'

태한은 여자를 보내고 한 명을 더 불러다 놓았다.

노인이라고 전부가 도태된 것은 아니다. 각성과 동시에 젊었을 적의 혈기를 되찾아, 거기에 중독된 노인들 같은 경우엔 청년들보다 더욱 독해진 경우가 허다했다.

태한이 측근으로 데리고 있는 노인이 바로 그랬다.

또한 전일 은행장과도 안면이 있었을 사이.

노인은 예금보험공사장을 역임하고 기획재정부에서도 잔뼈가 굵었다.

"나전일 은행장. 기억하나?"

"갑자기 나 은행장은 왜 찾으시는 겁니까? 기억합니다. 전일 그룹의 순혈 중에서도 파워가 셌습니다. 저희들은 이름대로 간다 했죠. 회장님께서도 아시는 바 아니십니까?"

왜 모를까. 태한도 전일 은행장과 공석에서 만날 일이 여러 번 있었다. 특히 전일 리조트가 착공되던 시기부터는.

"아들이 하나 있는데 혹시 들은 바는 없나?"

노인은 의아한 표정으로 대답했다.

"자식 사랑이 대단했던 사람입니다만 그럴 만도 했지요. 어지간한 아들이었어야죠. 자식 농사가 굉장했었습니다."

"그래? 어떻게?"

"중학교를 졸업하자마자 고등학교는 검정고시로 마치고."

"마치고?"

"조나단 투자 금융 그룹의 애널리스트로 들어간 후로."

흠칫!

태한의 몸이 떨렸다.

"후로?"

"조나단 투자 금융 그룹의 주요 사업들을 지휘했답니다."

"그런데 언론에는 왜 알려지지 않았던 거지? 브라이언 김은 구국의 영웅처럼 다뤄 놨잖아. 어린 나이부터 국외에서 성공하고 있었다면 말이야. 더욱이나 조나단 투자 금융 그룹 아닌가?"

"나 은행장이 막은 것 아니겠습니까. 떠들썩한 걸 좋아하지 않는 사람이었습니다. 그런데 갑자기 무슨 일이십니까."

국내로는 전일 그룹의 순혈을 아비로 뒀고, 대외로는 조나단 투자 금융 그룹과 카르얀 그룹을 뒷배로 두고 있는 것이다.

그러면서 본인의 무력 자체도 전 구역의 각성자를 합친 것을 능가한다.

거물도 그런 거물이 따로 없었다.

문득 등골이 스산했다.

파면 팔수록 일성과는 견줄 수도 없는 천외천(天外天)의 이름들이 등장하고 있는 것이었다.

전일과 카르얀까지는 어떻게든 납득한다 쳐도, 조나단 투자 금융 그룹이 튀어나와 버렸다.

태한은 판도라의 상자를 건드려 버린 듯한 기분에 휩싸였다.

'이러다 텔레스타나 질리언 투자 금융 그룹까지 나와 버리겠군. 큭.'

전일, 카르얀, 조나단.

외국계 거대 자본이라는 것 외에는 공통점이 없다는 것은 범인들의 생각일 뿐이다.

태한은 아니었다.

언제나 선망해 왔던 이름 하나가 떠올랐다.

빌더버그 클럽!

전 세계의 질서를 만들어 나가는, 소수 엘리트들의 모임.

거대 자본의 주인들과 북미의 대통령까지 모두 거기에 속해 검은 장막 뒤에서 세계를 좌지우지하고 있었다.

확신도 증거도 있었다.

멀리 갈 것도 없었다.

카르얀 그룹의 총수가 세계 각성자 협회를 이미 창설하고 시작의 장을 예고한 일만 봐도 세계의 거대 자본들은 외계의 침공을 사전에 알고 있었다.

그들은 오랫동안 준비했으며, 그래서 파탄 나는 게 당연했을 세계 경제가 온전했던 것이기도 하다.

과연 이게 억측일까?

이게 억측이라면 오딘의 배경과 악마 같은 무력은 무엇으로 설명할 수 있지?

태한의 손끝이 떨리기 시작했다.

'오딘은…… 그들이 공을 들여서 키운…… 그래…… 그들의 병기였어.'

인류의 전략 병기!

"중지해."

"무엇을 말씀이신지."

"오딘과 관련된 모든 것 말이다."

차마 소리를 높일 순 없었다. 어디에서 듣고 있을지도 모르니까.

"당장 중지해. 흔적 하나 남기지 말고."

"회장님?"

"그리고 두 사람도 같이 지워야겠다."

오딘의 출신 중학교에서 재직했다던 교사와 동창생 김지훈.

그들을 제거한 후에는…….

'당신도 여기까진가 보군.'

태한은 노인을 향해 속으로만 말했다.

*   *   *

먼저 들어와 있던 사람들이 있었다.

남방 태생이라도 전부가 나와 성일의 얼굴을 아는 게 아닌데, 하물며 풍문으로만 우리의 이름을 알고 있는 북방 태생이라면 당연했다.

우리가 별 반응 없이 야영 준비를 시작하자 그들 중 하나가 다가왔다.

"오. 재미 좀 본 것 같은데? 번쩍번쩍해."

"순 잔몹들밖에 없던디, 재미는 무슨."

"남방인이야?"

"그럼 느그들은 북한이냐?"

벌써 성일의 뒤통수에는 성가시다는 듯한 분위기가 머금어져 있었다.

"남방인이 맞다는 말이네? 어쩌다 여기까지 굴러온 거냐."

"딴 거 있나. 레벨 업 좀 해 볼련다. 왜? 어설프게 간 보지 말고 그냥 뎀벼."

"워워. 진정해 아저씨. 아저씨들이 재미 좀 본 거 같아서 거래 틀 생각 있나 했던 거지, 우리 나쁜 사람들 아니야. 나쁜 맘 먹었으면 아저씨들 큰일 났게? 그 흉갑, 좋아 보이네. 몇 레벨짜리야? 우리 공대장님께서 크게 쏘실 때 거래 끝내자고."

툭.

녀석이 던진 마석 하나가 성일의 몸을 맞고 떨어졌다. 녀석이 말했다.

"우리 나쁜 사람으로 만들어 주지 마라. 응? 아저씨."

"쓰벌. 오늘도 그냥 넘어가긴 글렀네."

성일이 투덜거리며 자리에서 일어났다. 한두 번도 아니고 신경 쓸 일은 아니었다.

성일이 녀석들을 잡도리하는 동안.

치던 천막을 완성시켰다. 그때쯤 상황은 정리가 끝나 있었다.

"하나에 몰라 봬서. 둘에 죄송합니다. 실시. 하나!"

"몰라 봬서!"

"둘!"

"죄송합니다!"

퍽퍽!

성일은 피떡이 된 녀석들을 걷어차며 그것들의 야영지를 돌아다녔다.

녀석들의 온몸은 이러다 정말 죽을지도 모른다는 공포로 뻣뻣해져 있었고, 거기에 성일의 발이 직격할 때서야 조금 꿈틀거리는 게 다였다.

대충 내버려 뒀다간 다시 조직을 갖춰서 우리 뒤를 급습해 올 녀석들이라는 걸, 성일은 지난 수십 일간의 일들을 통해 학습되어 있었다.

구타 도중에 목숨을 잃은 녀석이 몇 나왔다.

성일의 훅훅거리는 호흡 하나에 토르의 망치 소리를 듣는 것처럼 녀석들이 발발 떨 때쯤이야, 구타가 끝이 났다.

잠시 후.

그가 잘 말려진 어포 꾸러미와 물통을 한 팔에, 나머지 손으로는 비교적 크기가 작은 아이템들을 짤랑거리며 가져왔다.

"야! 누가 누우래? 머리 제대로 안 박으?"

성일은 자신이 가져온 물통에 핏물을 씻고 나서 내 앞에 앉았다.

"보관함은 영영 물 건너간 거여?"

"나쁘지 않잖아. 낚시 안 해도 되고."

"그건 그런디 어지간해야지. 경험치도 안 주는 것들이 내 크롱이만 보면 아주 눈깔 돌지, 그냥."

경험치도 안 주는 것들이라……

어쨌거나 뭇 사내들이 자동차에 이름을 붙이듯이 성일은 제 흉갑을 크롱이라고 불렀다.

크로노스라는 그리스의 신이 실존한다면, 본인이 크롱이라 불리는 걸 참 좋아하겠다.

이튿날 새벽.

퍽퍽거리고 악악거리는 소리가 울려 퍼졌다. 성일에게 구타당한 녀석들이 우리가 자는 틈을 노려 왔던 것이다.

녀석들의 패착은 녀석들의 감각 수준과 우리들의 감각 수준 차이를 너무도 몰랐던 점에 있었다.

"오야! 황천길 보내 줄게. 어찌겄어. 가고 싶어 죽겠다는 디 보내 줘야지. 황천행 버스비는 안 받을 테니까 고맙게 알고."

성일이 한 녀석의 발목을 움켜쥐어 들어 올릴 때였다.

"으억."

성일이 들었던 녀석을 바닥에 내동댕이치며 나를 쳐다보 았다.

그렇다. 시작되고 있었다!

[오래 기다리셨나요? 일성 왕국 여러분. 저예요 저. 2막 1장도 여러분의 귀염둥이가 운영 하게 되었답니다. 모두 여러분 덕분이에요.]

1막 1장부터 나와 함께 시작한 정령의 메시지였다.

[하지만 다른 무대에서 오신 분들도 걱정 하지 마세 요. 편애는 없을 테니까요. (｡ˈωˈ｡) 제가 오늘은 조 금 들떠 있어도 이해해 주세요. 맞아요. 여러분들의 무 대는 점점 확장 되게 된답니다. 그럼 어느 분들과 함께 하게 될지 확인해 볼까요?]

[1진영: 일성 왕국

2진영: 청룡회

3진영: 룽 형제단

4진영: 바이킹의 후예

5진영: 레볼루치온 (12)]

눈여겨볼 점은 다섯 번째 세력. 바로 레볼루치온의 등장
이다.

꼬리에 달고 있는 번호는 다른 무대에서도 같은 이름들
이 존재하기 때문일 것이다. 하지만 레볼루치온 출신이 리
더로 있으면서 무대를 통일하지 못한 결과는 실망스럽기
짝이 없다.

레볼루치온 안에서도 하급인 녀석이었나?

[2막 1장에선 1막의 3개 무대 각성자 여러분들이 함
께 진행 하게 됩니다. 2, 3, 4, 5 진영들은 둘씩 쪼개져
있다고 해서 자책하지 마세요. 1막을 통과하지 못한 무
대도 수두룩하니까요.]

성일이 손에 흥건한 피를 바지에 쓱쓱 문지르며 다가왔다.
그와 나는 말없이 고개를 끄덕였다.

[알겠지만 일성 왕국 여러분들의 역할이 중요해졌
어요. 다른 세력들을 잘 이끌어서 2막 1장도 지금까지
처럼 잘 해 내가실 거라고 믿어 의심치 않아요. 일성 왕

국 여러분. 이번에도 저를 2막 2장의 인도관으로 승급
시켜 주실 거죠? 믿습니다. (ʊ＿ʊ)]

메시지가 계속됐다.

　[1막에서 여러분이 상대했던 크시포스 군단은 약한
편에 속해요. 그러니 이제는 마루카 일족까지는 아니라
도 바클란 군단 정도는 대적할 차례가 온 것 같아요.]

"소대가리들이여."

　[언제나와 같아요. 같은 무대를 치르실 분들과 친해
질 수 있는 시간을 드릴게요. 2막이 시작되면 장소가
옮겨지니까 이 땅에 미련을 가지지 마시고요. 주둔지
구분 없이 마음껏 서로 왕래하며 친목을 도모하세요.
저 인도관의 개인적인 의견으로는 일성 왕국의 땅에서
모이는 게 좋지 않을까 싶어요. 그럼 쑥스러워하는 여
러분들 위해…… 부디 즐겁게 즐겨 주세요!]

　[2막 1장 시작 까지 : 29일 23시간 59분 59초]

[퀘스트 '잠재적인 위협'이 발생 하였습니다.]

[잠재적인 위협 (퀘스트)

모두가 알고 있습니다. 타 진영의 각성자들은 잠재적인 위협입니다. 그런데 과연 타 진영뿐만 일까요?

임무: 각성자를 처치하라.

보상: 처치 수에 따른 차등의 경험치 및 아이템 박스

1명 — 10명 : 경험치 및 브론즈 박스

11명 — 20명 : 경험치 및 실버 박스

21명 — 50명 : 경험치 및 골드 박스

51명 — 100명 : 경험치 및 플레티넘 박스

101명 — 500명: 경험치 및 다이아 박스

501명 — 1000명: 경험치 및 마스터 박스

10000명 초과 : 경험치 및 첼린저 박스

* 누적 시킨 처치 수에 따라 경험치 상승 폭이 증가 합니다.

* 퀘스트 완료 시에도 다시 진행할 수 있는, 반복 퀘스트입니다.

* 시작의 장이 끝날 때까지 계속 됩니다.]

＊　　　＊　　　＊

　"흐익!"

　숨넘어가는 소리가 들렸다.

　피떡이 된 녀석들이 단체로 땅 위를 기고 있었다. 하지만 상태가 워낙 엉망이라 손톱으로 바닥을 긁어 대는 꼴에 가까웠다.

　"너그들 이제 경험치 주네? 나도 경험치 주는디, 왜 다시 해 보지 않고? 좀 전에는 아주 살벌해서 사지가 다 떨렸구만."

　성일이 녀석들에게 말하자 녀석들은 죽을힘을 다해 움직여 댔다.

　성일이 그 광경에 고개를 젓다가 내게 시선을 돌렸다.

　"오딘. 이 퀘스트 우리들끼리 죽여 대라고 아주 작당을 해 버린 것인디……."

　그러고는 성일이 허공에 대고 소리를 빽 질렀다.

　"이 쓰벌 것들아! 대체 뭐 하는 것들이여어엇!"

　이번에는 녀석들을 향해서가 아니라, 시스템 혹은 일성 왕국의 수도에 등장했다가 사라졌을 정령을 향해서였다.

　성일은 계속 씩씩댔다.

　그러는 사이 구타당한 녀석들이 움직인 흔적들이 뭉뚱그

려진 선으로 남겨졌다.

건물 뒷면으로 이어진다. 신음 소리만 아스라이 들려오는 중이었다.

한데 이 퀘스트는 3막에 가서나 진행됐던 퀘스트였다. 내가 살려 놓은 각성자 수만큼 다시 죽여 놓겠다는 의지가 아니고서야, 지금부터 시작될 퀘스트가 아니란 말이다!

젠장.

순간 눈앞이 화끈거릴 정도로 열이 뻗쳐 올랐다.

당장 도전자 퀘스트를 열어 버리고 싶다만!

안다.

무모한 짓이다.

줄곧 생각해 왔었다.

시스템의 악의(惡意)적인 부분들.

예컨대 던전 박스를 시작으로 정령과 온갖 퀘스트에 깃들어 있는 그런 부분들은, 하나하나씩 각개 격파가 가능할 것 같지 않았다.

동일한 영역으로 취급되고 있지 않을까 한다. 그렇다면 그 난이도는 바클란 군왕을 처치하라는 수준이 아닐 것이며 그때는 바클란 군왕 앞에 고작이라는 수식어를 붙여도 마땅한 일.

과연 그러한지 시험해 봤다 가는 마음대로 나를 퀘스트

속으로 던져 버릴 것 아닌가.

추정이 맞다면 나는 칠마제의 거대한 시선에 깔려 꺽꺽
대고 있을 테고, 틀려도 그 나름대로의 난이도 또한 굉장하
겠지.

지금은 도전자 퀘스트를 열 수 없다.

성일에게 녀석들이 숨어들어 간 벽 뒤를 턱으로 가리켰
다.

"네가 처치할 거냐?"

"엉?"

"저것들."

"……지금은 쪼까 그려. 지금 죽여 불면 시켜서 하는 것
같잖어."

"마음대로."

[데비의 칼날을 시전 하였습니다.]

시야에서 사라졌다고 해서 기척까지 사라진 것은 아니
다.

기척을 쫓아 만들어진 궤적 아래.

스삿!

[잠재적인 위협 : 각성자 처치 1명]

......

[잠재적인 위협: 각성자 처치 6명]

*   *   *

[잠재적인 위협: 각성자 처치 34명]

"……뭐여. 이 짱개 새끼들. 개안 성공 못 하면 볼짱 다
본 거 아녀? 어딜 댐벼."

성일은 우리를 급습했던 녀석들의 시체를 뒤지고 다녔
다. 하지만 쓸모없는 아이템뿐. 그가 찾던 이전의 음식물
따윈 건빵 부스러기 하나 나오지 않았다.

"암튼 이쪽이 아닌가 벼. 짱개들 구역이잖어."

중국 각성자들의 구역이라면 처음부터 방향을 잘못 골랐
던 것이다.

우리는 북유럽 각성자들로 추정되는 두 진영 중에서도,
레볼루치온(12)를 찾고 있었다.

"잠깐 더 있는디?"

중국 각성자들이 우리를 습격했던 방향과는 반대 방향이
었다.

하지만 녀석들이 사용하고 있는 언어는 중국어가 아니다.

아마도 녀석들은 우리를 습격했던 중국 각성자들을 찾고 있는 것 같았다. 네 개의 공격대가 흩어져서 사방을 수색하는 움직임이었고, 그중 한 공격대가 우리 앞에 도달했다.

녀석들에게는 성일과 내가 중국 각성자의 동료로 보였던 것 같다.

우리를 발견하자마자 적의로 가득한 시선과 함께 호각을 불어 댔다.

뿌— 뿌우—

크시포스 군드락의 작은 뿔로 만든 호각은 날카로운 소리를 멀리 뻗치기 때문에 육성보다 훨씬 효과적이다.

사방에서 녀석들이 붙어나는 동안, 성일과 나는 그들이 전부 모이기까지 자극하지 않았다.

녀석들이 그새를 못 참고 우리를 공격했다면 사정은 달라졌겠지만.

어쨌든 녀석들은 태연한 우리의 모습에서 신중을 기하기로 했던 것 같다.

마침내 녀석들이 다 모여서 우리를 에워쌌을 때였다. 도화선이 타들어 가다가 쾅 하고 터져 버릴 분위기였다.

그때 한 여자가 걸어 나왔다.

반쯤은 넋이 나간 듯.

혹은 오래된 꿈을 헤매는 것처럼 느릿한 발걸음이었다.

또한 두 눈을 연신 껌벅이면서 내 얼굴에서 시선을 떼지 못했다.

그녀의 수하들이 보기에도 그녀의 행동이 이상했을 것이다. 여러 수하들이 무방비로 내게 향하고 있는 그녀를 말리려던 손길도, 그녀가 힘없는 동작으로 뿌리치며 거리를 좁혀 왔다.

"맞…… 맞습니까? 오…… 오딘이신가요?"

Chapter 2.

　도무지 이해를 할 수 없다는 시선들이다.

　왜 자신들의 여왕이 낯선 동양인 앞에서 꼼짝 못 하고 있
는지.

　　[상대가 당신을 간파하지 못했습니다. (스킬, 개안)]

　그녀의 측근 중 한 명으로 보이는 녀석이었다.

　지금은 2막의 준비 기간이다.

　1막이 다 끝난 마당에 상대의 상태 창을 꿰뚫어 보려는
시도가, 선전 포고와 같다는 걸 모를 수가 없는 기간이다.

다짜고짜 칼을 날려 오는 것과 조금도 다름없다는 것이다.

녀석은 기겁한 얼굴로 나와 눈이 마주쳤다.

그때 날려 보낸 데비의 칼날이 그녀의 옆을 아슬아슬하게 스쳤다.

그러고는 녀석에게 직행했다.

녀석의 몸을 휘감듯이 빠르게 돌면서 몇 번의 연격을 가했다.

마지막으로 녀석의 목이 날아갔다.

싹둑!

　　[각성자를 처치 하였습니다.]
　　[잠재적인 위협: 각성자 처치 35명]

녀석의 몸에서 얼굴이 굴러떨어지고 나서야, 소란이 일었다.

몇 박자는 늦은 대응이었다.

반면에 성일은 내가 데비의 칼날을 던진 시점에 몸을 던져 뒀었다.

사소한 시비로도 전면전으로 치닫기 일쑤다. 하물며 녀석들 중 하나가 나를 발가벗겨 놓으려다 도리어 목이 날아갔으니, 그 즉시 전투가 벌어졌다.

성일은 이미 두 녀석의 발목을 한 손에 하나씩 움켜쥐고 진형을 박살 내겠다는 듯 돌진하는 중이었다.

쏴아악.

여러 스킬들의 투사체들이 어둠 속에서 날아다녔다.

인장을 사용할 때 나는 빛무리들이 녀석들의 진형 속에서 번쩍거려 댔고.

성일의 진행 방향마다 녀석들은 튕겨져 날아가고 있었다.

"수하 교육이 엉망이군. 엔젤라."

그녀에게 뇌까렸다.

엔젤라.

과거 조슈아에게 접근했을 때 이용했던 첫 창구.

그녀와는 밤을 같이 보낸 적도 있었다.

엔젤라가 전투를 중지시키기 위해 황급히 소리쳤으나 소용이 없었다.

벌써 피가 튀고 있었다. 전장의 광기가 사방에 내려앉은 상황이었다. 녀석들의 격분한 고함 소리가 성일을 에워싸고 있었으며 성일은 불도저처럼 녀석들을 밀어붙이는 중이었다.

엔젤라는 전투에 참여했다.

성일을 향해 몸을 던진 그녀는, 성일을 공격해 오는 자신의 수하들을 도리어 베고 다녔다.

그제야 상황이 정리되기 시작했다. 성일도 쥐고 있던 두 녀석을 쓰레기 버리듯 던져 버리고는 내게 돌아왔다.

그가 피가 뚝뚝 떨어지는 손가락으로 한 사내를 가리켰다.

엔젤라에게 대들고 있는 사내였다. 몹시 억울한 표정과 그러한 어조로.

영어도 독일어도 아니었다. 북유럽 쪽, 그러니까 덴마크 쪽 언어인 것 같았고 나도 그쪽의 언어에는 일가견이 없다.

"저 새끼, 다이아여. 330렙."

어떻게 그럴 수가 있냐는 듯한 어투였다. 성일은 평소보다 격앙되어 있었다.

방어막의 보호를 받고 있었어도, 얼굴 쪽의 충격은 고스란히 들어왔었는지 안면 전체를 실룩거렸다. 사내도 비슷했다.

엔젤라가 개입하지 않았다면 성일과 사내의 결전으로 이어졌을 터였다.

이윽고 엔젤라와 사내가 우리를 향해 오기 시작했다.

사내는 멀리에서도 성일과 신경전을 벌였다.

민머리에 과격한 근육을 불끈거리며 성일의 얼굴에 한 방 먹였던 둔기를 어깨에 걸친 채였고, 성일은 그런 녀석을 향해 주먹을 올려 보였다.

감자나 먹어라, 하고 말이다.

거리가 좀 더 좁혀지자 사내는 어깨에 걸쳤던 둔기를 내려놓았다. 엔젤라의 질책이 있은 후였다.

그럼에도 성일에게서 내게로 옮겨진 녀석의 눈빛은 여전히 불량했다.

"불미스러운 일은 정말 죄송합니다. 여기는 군나르손이에요."

악수하겠다는 듯 녀석이 내게 손을 내밀었을 때.

건방진 녀석의 태도에 엔젤라와 성일의 목소리가 동시에 치솟았다.

"백돼지 새끼가 감히 어딜! 죽고 잡냐? 또 처맞어 볼 텨?"

엔젤라도 알아들을 수 없는 북유럽의 언어로 언성을 높였다.

"엉망이군. 엉망이야."

"죄송합니다."

"이 녀석도 우리 일원인가?"

"예. 나중에 합류해서 사정을 자세히 알지 못합니다."

그때도 녀석은 내게 뭐라고 말을 건네고 있었다.

"뭐라는 거냐."

"……."

"말해."

"끝을 봐야겠다고 해요."

엔젤라는 성일을 흘깃 쳐다보며 대답했다. 녀석은 성일과 붙고 싶어 했다.

단순히 감정을 주체 못 한 것일 수도 있고 정치적 수단일 수도 있는 것인데, 순간 병해질 만큼 황당한 발언인 건 사실이었다.

"내 사람과 내 앞에서?"

"……네."

레볼루치온에 나중에 합류하긴 했지만 엔젤라와 조직 내 지위가 거의 동등한 녀석이었던 걸까.

본 시대의 네임드 중 하나인가 싶어 녀석을 응시했지만, 기억에도 없는 얼굴이었다.

스킬을 시전할 것도 무기를 꺼낼 것도 없었다.

성일처럼 주먹 파괴자 특성이 있지 않아도 이까짓 건방진 녀석에게는.

퍼억!

녀석의 불손한 안면에 주먹을 작렬시켰다.

퍼억!

[질풍자가 발동 했습니다.]

퍼퍼퍼퍽!

늘어진 테이프처럼 느릿해진 세상 속에서 녀석의 고개가
사정없이 돌아갔다.

녀석의 비명도 늘어져서 나왔다.

"으어어—"

*   *   *

와득.

성일이 초콜릿을 살짝 깨물었다. 그러고는 두 눈을 감은
채로 쓰고 달콤한 맛을 혀뿐만 아니라, 온몸으로 느꼈다.

깎지 않은 수염이 덥수룩하고 머리도 산발인 데다가 육
체 또한 거구인데.

그 몸으로 사춘기 소녀처럼 몸을 배배 꼬면서, 또 표정은
동정을 갓 뗀 소년처럼 반질거리는 것이었다.

그때 낸 목소리도 비슷했다. 순간 닭살이 돋을 만큼 가늘
어진 목소리가 수염으로 뒤덮인 성일의 입술 사이에서 흘
러나왔다.

"아따 이거랑께에~"

자기가 내놓고도 변태적인 목소리란 걸 모를 수가 없었다.

성일은 급히 큼큼거려서 목을 다듬어 본래의 두꺼운 목
소리를 냈다.

"근디 백돼지 새끼, 몇 방이나 먹였던 거여? 분신들이 허벌나게 때려 대드만. 눈치 없는 것들은 몸이 고생하지."

나도 초콜릿을 씹었다. 오랫동안 잊고 있었던 맛이 뇌리를 때려 올렸다.

짜릿했다.

성일이 몸을 배배 꽜던 것은 자연스러운 일이었다.

초콜릿 외에도 유럽의 스낵 과자들과 과일 통조림들이 있었다.

바닥엔 푹신한 크시포스 녀석들의 털가죽을 깔아 두고 벽엔 백부장 급의 해골들을 주렁주렁 달아 장식해 둔 방이었다.

여기는 레볼루치온(12)의 변방 수도, 거기에서도 엔젤라의 거처다.

"그나저나 마리 누님 없는 게 다행이구만."

"뭐가."

"에이. 왜 그려. 딱 하면 척인디. 나, 백돼지 새끼처럼 눈치 없는 놈 아녀. 오늘 밤은 내 나가서 따로 잘 테니까. 흐흐."

성일은 입에 지퍼를 채우는 시늉을 하며 음흉하게 웃었다.

그보다도 성일이 이 세력에 대해 묻지 않는 것이 용했다.

이미 알고 있는 것일 수도 있고.

"세계 각성자 협회의 운용 기구는 두 조직으로 이뤄져 있다. 레볼루치온과 투모로우."

"알으. 경아…… 쩝. 경아가 들려줬구만."

"어디까지?"

"뒷구녕으로 몰래 수군대던 것은 아니고 어쩌다 보니 말이 나왔던 거여. 오딘은 레볼루치온 파잖어. 여기는 레볼루치온이고. 여자는 대장급 같고."

"또 뭘 들었어?"

"우리도 나중에 레볼루치온 파로 들어간다는 데까지 말여. 불쌍허지. 경아도 수아도 바깥 욕심이 참 많았는디 그렇게 돼 버릴 줄은. 하여튼 별 지시가 없으믄 꿀 먹은 벙어리처럼 조용히 있을 텐께. 나중에 다 동료 될 사람들 같은디."

"넌 이들과 겹칠 일이 크게 없다. 기죽은 듯이 있을 필요도 없지."

"그려?"

"겹치면 이태한 하고나 겹칠 거다. 우리나라 지부에서."

"일성 회장님? 아따, 일성 회장이라는 인간도 별수 없나벼."

"그자는 네 아래에서 움직이게 될 거야. 그때가 되면 너 골치깨나 아플 거다. 염두에 두고 있어."

"골치고 뭐고 간에. 일성 회장님이 내 밑에? 그런 날이 정말 온단 말이여?"

"그래."

"흐미."

성일은 입 안에서 녹고 있는 초콜릿은 까맣게 잊을 정도로 그 이야기가 충격적이었던 모양이다. 믿기지 않는다는 듯이 콧등을 긁으며 할 말을 잃었다.

"그게 참말이라면 핸드폰 걱정은 없겠는디…… 세상 참. 후딱 끝났으면 좋겠구만. 전 여편네는 땅을 치고 후회할 거여."

말과는 달리 썩 즐거운 투는 아니었다. 성일은 전 부인을 언급할 때마다 줄곧 그래 왔었다. 말꼬리에 단맛이 첨가되지 않은 초콜릿처럼 씁쓸하기만 한 감정이 달라붙어 나온다.

"글쎄다. 정치력이 달리면 핸드폰 가게 사장한테 되레 당할지도 모르지."

"설마 수작 부릴라고? 오딘이 있는디."

성일은 그날에도 나와 함께하게 될 거라 짐작하고 있지만 천만에.

그날이 오면 지부 하나에 집중할 수 없다.

엔젤라가 오고 있었다.

잠시 후 문이 열리며, 그녀는 성일의 말마따나 달력 화보 속의 미녀처럼 등장했다.

온몸을 깨끗이 씻고 옷도 이전의 의복으로 정갈하게 갖춰 입었다. 다 마르지 않은 머리카락에서는 비누 냄새가 났다.

그녀 딴에는 예의를 갖춘다고 한 것 같았다. 성일이 스낵을 한 움큼 움켜쥐고 바깥으로 나갔다.

"군나르손에게는 이해시켜 뒀어요. 그런 일은 다시는 일어나지 않을 거예요. 죄송합니다. 뭐라 드릴 말씀이 없습니다."

군나르손이라는 녀석은 딱 죽지 않을 정도까지만 손을 봐 줬다.

그때 엔젤라가 매우 자연스럽게 물어왔다.

"여자를 품으신 지 얼마나 되셨나요?"

그녀와의 인연은 오래전 독일에서 단 한 번뿐이었다. 그럼에도 다짜고짜 옷을 벗기 시작한 것은 여기의 룰에 익숙해졌기 때문이다.

리더가 모든 것을 취하는 세상이다.

퀘스트, 아이템, 여자와 남자.

그리고 그것들을 누려야만 리더로 인정되는 세상. 엔젤라의 저의는 서로의 성욕을 풀자는 게 아니라, 내게 바치는 충성 맹세와 같은 것이었다. 또한 제 세력을 모두 바치겠다는 뜻이기도 하고.

그러나 달갑지 않았다.

서로 나신이 된 상태에서 더욱 진솔한 이야기가 나온다 해도 연희의 생사가 불분명한 상황 아닌가.

지금까지 진입하고 있지 않은 그녀가 걱정된다. 외부의

무력에 의해 목숨을 잃을 일은 없겠으나 염려되는 건…….

맞다. 그녀 스스로 붕괴되었을 경우다.

가뜩이나 2막이 시작되고 나면 그녀의 귀환 지점은 쓸모없게 된다.

나는 엔젤라에게 내 앞의 자리를 턱짓해 가리켰다. 엔젤라는 금세 옷을 추스르고 거기에 앉았다. 그녀가 지난 이야기들을 시작했다.

"1막 최종장 때 일이 있었어요. 그리고 지금도 진행 중이에요. 오래된 일이라 기억하실지 모르시겠어요. 당시에 오딘께 향했던 퀘스트가 이번에는 우리에게 떴었죠."

"암살 퀘스트 말이로군."

"네."

상황은 이랬다.

레볼루치온 소속이자 덴마크 국적의 사전 각성자 네 명이 같은 무대에서 시작.

그중 한 명이 2장에서 죽어서 최종장에서는 세 명이 남았었다고 한다.

크시포스 군단들과의 전투가 한창이던 때 한 개 세력으로 합쳐졌던 적이 있었다지만, 셋에게 암살 퀘스트가 동시에 발동하면서 두 개 세력으로 다시 양분되었다는 것이다.

그러고 보니 엔젤라의 본 국적이 덴마크였구나.

"퀘스트가 취소되지 않았어요. 그래도 문제가 없다 싶었어요. 제한 시간도 페널티도 없는 퀘스트라서 서로의 약속만 지키면 되는 것이었으니까요. 하지만 놈의 생각은 달랐던 모양이에요. 린데가르트. 놈이 다 망쳤어요. 오딘."

성일과 내게는 암살 퀘스트가 뜬 적이 없다. 소용이 없기 때문이라고 생각했던 걸까.

어쨌든 린데가르트.

엔젤라는 그 이름을 언급하던 순간, 원한 가득한 눈빛을 일렁거렸다.

"놈은 레벨루치온의 이름을 버렸어요."

"왜 버린 거지?"

"오로지 놈만 알겠죠. 오딘. 놈을 용서하지 않으실 거죠?"

그때.

밖에서 노크 소리가 들렸다.

엔젤라의 수하가 내 눈치를 살피며 보고를 마치고 돌아갔다.

엔젤라가 말했다.

"오딘의 사람들이 도착했어요. 일성 왕국이요."

다시 들어온 성일도 툭 내뱉었다.

"핸드폰 가게 사장님 왔는디?"

＊　　　＊　　　＊

엔젤라는 조슈아가 베를린 텔레콤의 대표 이사로 있을 때부터 그의 곁에 있었던 여자다. 때문에 이태한을 한눈에 알아본 듯했다.

그녀가 놀라움이 반, 흥미로움이 반인 시선으로 말문을 뗐다.

"당신을 알고 있어요. 일성 왕국은 세력명뿐만 그런 게 아니라 실제 경영인이 지휘하고 있었군요? 난 엔젤라예요."

일성 왕국을 내 세력이라고 마음대로 오인하고 있는 엔젤라는 이태한에게 호의적이었다.

린데가르트를 이야기하며 보였던 원한 서린 표정은 사라졌다. 이태한을 향해 눈웃음을 말아 감는 엔젤라였다.

"이태한이라고 합니다. 평화적으로 받아 주셔서 감사합니다."

이태한은 내가 여기에 있을 거란 걸 짐작했던 것 같았다. 날 보고 놀란 기색 따윈 없이 정중하게 고개를 숙였다.

순간 녀석이 보였던 결연한 눈빛에서 알아차릴 수 있었다.

녀석이 여기에 온 목적은 내게 있다.

"지금까지는 기회가 닿지 않았는데, 레볼루치온의 이름이 뜨더군요."

나와 세계 각성자 협회를 연관시키기기는 쉬워도, 레볼루치온과 세계 각성자 협회를 연관시키는 바는 다르다.

일반인들은 레볼루치온과 투모로우의 이름을 모른다. 조슈아의 연설 중에서도 레볼루치온의 이름이 들어간 적은 없었다.

녀석의 말이 이어졌다.

독어권 이름과 끝에 붙은 넘버링으로, 레볼루치온이 세계 각성자 협회의 또 다른 이름일 거라 추정했다는 것이다.

머리가 빠르게 돌아가고 행동력도 과감한 녀석이다. 그러니 전임 일성 회장에게서 회장실을 강탈할 수도 있었던 것이겠지만.

"오딘. 협회의 지침을 알고 싶습니다. 물라면 물고 놓으라면 놓겠습니다."

녀석이 말했다.

세계의 어떤 기업이든 내 앞에 놓고 나면 초라해질 수밖에 없다.

그렇다고 일성 그룹이 무시되어야 할 기업인 건가? 스스로 개가 되길 자처하는 게 당연시되어야 할 인물인 건가?

단언컨대 녀석이 뱉은 말이야말로, 일성 그룹의 비밀을 다루는 몇몇 심복들에게나 들어왔을 말이었다.

내게서 압도적인 무력을 봤으며 세계 각성자 협회의 영향력을 계산했다 치더라도, 일성 그룹의 총수쯤 되는 인사가 스스로 개가 되겠다고 자처하는 일은 결코 일반적인 일이 아니란 것이다.

평범한 각성자들의 논리보다 기업가의 논리로 살아갈 녀석이기에 말이다.

조슈아만 하더라도 내게 굴종한 바는 금력에 있었던 것이지 무력 때문이 아니었다.

이 녀석은 내게서 금력을 봤던 것 같다.

아니.

단순한 금력 이상의 금권(金權)!

그걸 추궁하자 녀석의 입에서 뜻밖의 이름이 나왔다. 때는 엔젤라와 성일을 바깥에 보내고, 녀석과 독대를 하고 있던 때였다.

"여기까지 달려왔는데 뭘 감추겠습니까. 허심탄회하게 말씀드리겠습니다. 오딘. 저는 세계 각성자 협회가 빌더버그 클럽에서 파생되었다고 생각합니다. 빌더버그 클럽과 세계 정부가 시작의 날 이전부터……."

녀석의 대답이 이어졌다.

모든 생각을 다 정돈하고 온 게 틀림없었다. 단조로운 음조였다.

"시작의 날 이전부터 외계의 침공을 대비하여 지금을 만들어 냈다고 말입니다."

"빌더버그 클럽을 아나?"

녀석은 그렇다고 대답했다.

어쩌면 자신을 무시하는 질문이라고 느낄 수도 있었다.

세계 시장을 무대로 하고 있는 기업가가 아니더라도, 세계 정계에 보통 이상의 관심이 있으며 그래서 '세계화'에 반대하는 사람들이라면.

빌더버그 클럽은 반드시 무찔러야 할 칠마제 같은 존재였다.

거기까지 가지 않아도 음모론을 가십처럼 즐기는 사람들에게도 빌더버그 클럽은 너무나 유명한 이름.

하지만 거기까지다.

빌더버그 클럽을 추적하고 그 음모를 밝히는 걸 사명으로 여기는 프리랜서들마저 아직까지도 클럽의 전복을 모르는 바다.

녀석이라도 1회 전일 클럽 회의가 국내에서 있었으며, 빌더버그 클럽의 운영 세력이 완전히 전복되어 버린 것도 이름이 바뀐 것도 모르는 건 당연했다.

철두철미하게 보안을 유지해 왔으니까.

전일 클럽의 이름을 아는 건 오로지 클럽 내 회원들뿐.

그래도 녀석이 클럽과 세계 각성자 협회를 연관시켜 추론해 낸 바는 박수를 쳐 줄 일이었다.

　클럽이든 세계 각성자 협회든.

　실은 하나의 명령에 따른다는 걸 알 턱이 없겠지만 녀석은 사실에 꽤 근접했다.

　"그러니까 가담하고 싶은 조직은 협회가 아니라 클럽인 거로군."

　"가담하고 싶다고 해서 들어갈 수 있는 곳이 아니라는 거, 잘 알고 있습니다. 오딘께선 어떻습니까? 클럽의 일원이십니까?"

　녀석이 그렇게 말하고는 내 대답을 기다리고 있었다.

　하지만 내게서 좀처럼 듣고 싶은 대답이 나오지 않자 녀석 딴에는 도박을 감행했다.

　"시작의 장이 끝나고 나면 몬스터 외에도 일들이 많아지실 겁니다. 번거로우면서 은밀하게 처리해야 할 일들. 그리고 오딘의 힘을 이용하려는 자들로부터도 자신을 보호하셔야 할 겁니다. 곡해하지 말고 들어 주십시오. 오딘은 세계 각성자 협회 더 너머, 본 무대로 들어가셔야 됩니다."

　녀석이 재미있는 말을 하고 있었다.

　"내가 안전해지려면 클럽 내부로 들어가야 한다?"

　"그렇습니다."

"하지만. 바깥 일을 이야기하기엔 너무 요원하다고 생각지 않나?"

"절대 그렇지 않습니다. 보십시오. 틀이 다 짜였습니다. 강해지는 이들만 강해지고 있습니다. 그들이 살아 나갈 테고, 그들과 함께 바깥을 준비하셔야 이후 경쟁에서 뒤떨어지지 않으실 겁니다."

녀석은 내가 자신의 말에 귀를 기울이고 있다 생각했던 것 같다.

녀석이 승부수를 던지듯이 말했다.

"무대는 점점 확장된다고 합니다. 해서 그 부분은 제가 만들어 오딘께 바치겠습니다."

"레볼루치온에 대적하겠다?"

"아닙니다. 허가해 주신다면 레볼루치온의 이름으로 오딘의 사람들을 따로 모으겠습니다."

"세상에는 공짜가 없지. 그래서 네가 얻는 건 무엇이고? 내 신임인가?"

"부정하지 않겠습니다. 그때가 되면 오늘을 돌아봐 주십시오. 빌더버그 클럽에 입성하시는 날……."

녀석의 말이 더 이어지려던 순간 나는 고개를 저었다.

휙.

녀석의 저의도 알았겠다, 쓸데없는 맞장구를 치고 있기

엔 입만 아플 일이었다.

"정작 클럽의 진짜 이름도 모르면서. 하! 무엇을 도모하겠다는 거냐?"

"다른 이름이 있습니까?"

"빌더버그 클럽은 애저녁에 전복되고 새로운 클럽이 발족됐다."

뭐라 열리려던 녀석의 입술이 곧장 닫혔다. 그러나 그것도 잠시 이번에는 녀석의 입술 사이로 반가운 이름이 튀어나왔다.

"조나단 헌터입니까?"

"전일이다."

"무슨 말씀이십니까. 전일은?"

"구(舊) 빌더버그 클럽이 전일 클럽으로 대체된 지 오래다."

녀석의 두 눈이 부릅떠진 채로 굳어 버렸다. 깜빡임 하나 없이 점점 공백으로 변했다.

*　　　*　　　*

태한은 머릿속이 백지장처럼 새하얘졌다.

거기에서 떠오르는 생각이라고는, 흡사 시작의 장에 진입했을 때처럼 문장 하나가 다였다. 그 문장만 끊임없이 되풀이됐다.

'어떻게 그 이름이 튀어나올 수 있는 거냐.'

전 세계를 막후에서 휘두르는 초엘리트 집단의 이름이 어떻게 전일 그룹의 그 전일을 쓰고 있단 말인가.

우연의 일치일 리는 없었다.

'한국에 근간을 두고 있는 자본이 세계를 지배하고 있다?'

하지만 그 물음은 애초부터 말이 안 되는 것이, 근대의 금융 역사는 언제나 양분되어져 왔었다.

뉴욕의 월가와 런던의 더 시티로.

역사적인 사건들을 거치며 자본 세계가 크게 요동쳐 왔어도, 여전히 뉴욕의 조나단 투자 금융 그룹과 런던의 질리언 투자 금융 그룹으로 양분되어져 있지 않은가.

거기에는 동아시아의 경제 국가에서 움직이는 자본 하나가 끼어들 틈이 없었다.

물론 전일 그룹이 프랑스까지 진출했다고는 하나, 조나단 투자 금융 그룹과 질리언 투자 금융 그룹에 비하면 뒤주속의 쌀 알맹이 한 톨에 불과한 것이 진실 아니던가.

"전일 그룹의 그 전일입니까?"

"네덜란드 빌더버그 호텔에서 첫 회의가 개최돼서 빌더버그 클럽이었다. 전일 클럽의 첫 회의는 전일 리조트의 프라이빗 호텔에서 있었지."

그렇다 해도 설명되지 않는 바가 있었다.

클럽의 구성원들이 그 이름을 어떻게, 왜 용인했냐는 것이다.

'한자권 이름을? 그들이 어떤 자들인데…….'

문득 태한은 조나단 헌터가 친한파라는 사실이 생각났다.

조나단 투자 금융 그룹의 총수이자, 세계 제일의 거부라는 말로도 표현되지 못할 거부 중의 거부는 한국에 호의적인 인사였다.

그럼에도 불구하고 납득이 되지 않는 일이었다.

이름은 곧 정체성이다.

세계 그림자 정부가 한자권의 이름을 쓴다는 바는…….

세계 경제가 한자권 자본에 먹혔다는 뜻과 조금도 다를 바가 없다.

그러니까 아이러니고 모순이었다.

명백히 뉴욕과 런던의 자본이 전 세계를 장악하고 있는데?

'무슨 일들이 벌어지고 있었던 거냐. 대체…….'

전일 그룹에 한국 경제 전체가 잠식되어 가던 기간 동안, 전 세계는 대체?

그리고 그동안 자신은 또 무얼 했단 말인가.

고작 일성가의 안방을 차지한 것만으로 우쭐해 왔었다.

태한은 익숙지 않은 느낌을 받았다. 가위에 눌렸을 때나 받던 느낌과 흡사했는데, 아무것도 하지 못하는 등의 끔찍한 무력감이 틀림없었다.

그때 차갑게 부딪쳐 온 오딘의 시선에 태한은 제정신을 차릴 수 있었다.

"지금이 아니라도 넌, 레볼루치온의 이름을 쓰게 되어 있었다."

아아.

태한은 만사 뿌리치고 달려왔던 것의 결과가 실패로 끝났다고 생각했다.

"엔젤라와 함께 중국 각성자들을 도모해라."

그 말인즉 레볼루치온으로 가담해도 좋다는 말이었다.

태한은 즉각 대답했다.

"그렇지 않아도 준비를 끝마쳐 두었습니다."

"2막 준비 시간 안에, 세력을 하나로 통합시켜 놓도록. 그러면서 앞으로 뭘 해야 하는지는…… 다시 논할 필요가 없겠지."

"예."

"엔젤라를 상관처럼 대할 필요는 없다. 지금부터 너는 내 밑에서 일하니까."

드디어였다.

천공 길드를 양도하자마자 떠났던 오딘을 간신히 붙잡았다.

태한은 경이로운 시선으로 오딘을 바라보았다.

'후회하지 않으실 겁니다.'

*　　　*　　　*

아무리 깨끗한 물이라도 오랫동안 고여 있으면 썩는다. 비슷한 이치로 한 개 세력에 힘이 쏠려 있으면 없던 마음도 인다.

그래서 레볼루치온을 경계할 목적으로 투모로우를 설립했었다. 한데 이태한의 등장으로 두 세력의 마찰이 극심해질 수 있는 부작용 또한 해소될 수 있을 것 같았다.

삼각 구도만큼 안정적인 구도는 없어서 이태한의 제안을 승낙했다.

녀석이 쓸데없이 머리를 굴리지 않는다면, 녀석은 바깥에서의 지위를 기대해도 좋았다. 단언컨대 일성 그룹의 총수보다는 훨씬 좋은 지위가 그를 기다리고 있었다.

그렇게 하나는 내 품 안으로 기어 들어왔지만, 다른 하나는 내 뒤통수를 때렸다.

린데가르트.

레볼루치온의 이름을 버린 녀석.

쾅!

해골 용에서 뛰어내린 착지 지점부터 균열이 일어났다.

"으악!"

해골 용을 보고 모여들었던 녀석들은 그때 튕겨져 날아갔다.

부산히 피어오르는 흙먼지 속으로 여러 얼굴이 잡혔다.

"너희들 중에 영어가 되는 녀석이 한 명이라도 있겠지. 두말하지 않으마. 린데가르트에게 오딘이 찾는다 전해라. 그럼 내 장담하지. 녀석은 목을 씻고 달려올 것이다."

*　　　*　　　*

충돌이 있을 수밖에 없었다.

나를 공격하기 위해선 제 동료들의 시체를 넘어야 하는 순간이 되었을 때야, 녀석들은 뒷걸음질을 치기 시작했다.

엄숙함마저 흐르는 침묵이 이어졌다.

린데가르트가 나타난 건 그로부터 한참 후였다. 한눈에 봐도 녀석은 리더처럼 나타났다.

수많은 공격대들을 친위대처럼 이끌고 정중앙에서 보호를 받고 있었다.

쉬아아악―

녀석 앞에 당도하기까지 방해물이라 할 만한 것은 없었다.

느리디느린 시선과 반사적인 반응들은 내가 그것들을 스쳐 지나간 지 훨씬 뒤에서야 따라올 뿐이었다. 그것들이 내뱉은 음성들도 마찬가지.

덴마크 말이지만 느낌이란 게 있다. 린데가르트 님을 지켜라! 뭐 그런.

나는 린데가르트의 목을 움켜쥔 채로 훌쩍 뛰어올랐다. 그러고는 방향을 틀어 본래 놈을 기다리고 있었던 자리로 돌아왔다.

살아 있는 자와 그렇지 못한 자들의 경계가 분명한 곳이다.

녀석의 머리카락을 움켜쥐고 뒤로 잡아당겼다. 녀석이 고개가 확 꺾였다.

내 신상을 일찍이 밝혀 두었건만 녀석에게까지는 전해지지 못한 것 같았다. 비로소 나를 알아본 녀석의 눈알이 경악으로 물든 것을 보면 말이다.

녀석이 고개가 꺾인 채로 말했다.

"기, 기다리고 있었습니다. 오딘."

"그랬다는 놈이 레볼루치온의 이름을 버렸나?"

인간의 감정은 논리적으로 설명되지 않을 때가 있다.

레볼루치온의 이름을 버렸을 때의 결과는 너무도 뻔해, 린데가르트가 그러한 경우인 것 같았다.

"정녕 우리 인간들이 만든 조직이 시스템보다 위에 있다고 생각하십니까? 대답해 주십시오."

한데 녀석은 본 시대의 팔선(八善)들처럼 말하고 있었다.

혹 엔젤라가 내게 고하지 않은 게 있을까 신중을 기했지만 녀석은 그냥 타락한 것이었다. 시스템에 잡아먹힌 것이다.

그때 스킬 몇 개가 날아왔다.

녀석들 딴에는 내가 공격을 받아 내는 사이에 제 리더가 내 손아귀를 뿌리치고 도망쳐 나오길 바랐던 모양인데, 나는 린데가르트를 성일처럼 이용하기로 했다.

휘둘러진 린데가르트는 스킬들을 흡수하다시피 하며 훌륭한 방어막이 되어 주었다.

그러다 가죽을 뜯는 듯한 느낌과 함께 녀석이 내 손아귀에서 떨어져 나갔다.

녀석의 머리카락이 한 움큼 뽑혀 있었다. 뜯겨져 나온 두피에서는 핏방울이 맺혀 있었다.

나는 스킬들이 날아왔던 방향을 향해 폭발성 투사체를 던졌다.

칼리의 칼이다.

콰아아아아앙—!

굉음과 동반된 뜨거운 바람 속에는 별의별 것들이 다 휩쓸려 있었다. 녀석들의 살점, 떨어져 나온 사지, 아스팔트 파편들까지.

하지만 제일 빠르게 부딪쳐 오는 건, 뭐니 뭐니 해도 메시지.

[잠재적인 위협: 각성자 처치 249명]

각성자를 처치했다는 메시지가 사정없이 부딪쳐 오는 동안.

린데가르트는 다시 내 손아귀에 붙잡혀 있었다.

"암, 암살 퀘스트가 우리 셋에게 특정돼서 떴습니다. 그게 무슨 뜻이겠습니까. 시스템이 레볼루치온을 부정하고 있습니다."

녀석은 죽음을 코앞에 두고도 두려워하는 기색이 없었다.

두 눈이 굳건했다.

"그 이유뿐이냐?"

"아주 오래전이지만 글자 하나 빠트리지 않고 기억합니다. '모두에게 위협이 되는 존재가 급격한 성장 중에 있습니다.'"

북미의 이라크 침공이 한창이던 03년도. 당시 100인의 각성자들에게 나를 죽이라 떴던 퀘스트를 언급하고 있었다.

녀석의 말마따나 아주 오래된 이야기였다.

"엔젤라와 군나르손은 얼간이라 진실을 보지도 못합니다만! 하지만 저 같은 사람들은 무엇이 진실인지 압니다."

녀석은 계속 꿈틀거렸다. 숨통을 확보하기 위해서라기보다는, 그렇게 졸린 기도가 나를 가르치려는 데 방해가 되었기 때문인 것 같았다.

녀석의 바람대로 손을 조금 느슨하게 풀어 주었다. 그러자 녀석의 말이 사정없이 튀어나왔다.

"우린 버림받았습니다. 그때 당신을 막지 못한 벌을 받고 있습니다. 다른 무대의 사정도 다르지 않겠지요. 레볼루치온은 태생부터가 잘못되었습니다. 더 심해질 겁니다. 시스템은 인류의 위협이 만든 조직을 가만히 두고 보지 않겠죠. 시스템은. 시스템은!"

녀석의 두 눈에 선 핏발은 금방이라도 터질 듯 보였다.

"레볼루치온을! 당신을! 가만두지 않을 겁니다아아악!"

구제불능으로 치달은 녀석 아닌가.

핑계뿐인 녀석의 이야기를 더는 들어 줄 필요가 없었다. 느슨하게 풀어 뒀던 손에 힘을 가했다.

빠지지직—

녀석의 장비가 하나씩 힘을 잃어 가던 끝에 녀석의 눈알이 뒤집어 까졌다.

녀석의 패거리들이 이러지도 저러지도 못하며 웅성거리는 사이.

떠야 할 메시지가 뜨고 있었다.

[각성자를 처치 하였습니다.]
[잠재적인 위협: 각성자 처치 250명]

시스템의 이중적인 행태에 대해서 경고해 두지 않은 것은 아니다.

시작의 장이 시작되기 전에 이미 조슈아를 통해 주의시킨 바 있었다. 그럼에도 녀석은 변절을 택했다.

그러니 이번만큼은 퀘스트명이 틀리지 않다고 할 수 있는 것이었다.

잠재적인 위협.

바로 이런 녀석들을 그렇게 부르지 않는다면 무엇을 그렇게 부를 수 있을까.

십자가 대신 시스템을 신봉하는 것들의 수가 확연히 줄어들었다. 그렇다고는 하나, 시스템의 초자연적인 힘과 불가사의함에 매료되어 있는 것들이 여전히 존재한다.

이런 녀석들에게는 시스템의 성향이 선악(善惡) 중 어떤 것인지는 중요치 않다.

자신이 사용하고 있는 힘이 어디에서 비롯된 것인지, 그것만이 보일 뿐일 테니까. 곧 신념이고 신앙이 되는 것이다.

　레볼루치온과 투모로우에 소속된 사람들의 가족들은 시작의 날 이전에 전일 리조트의 방벽 안으로 들어와 있었다. 녀석의 가족들도 마찬가지일 터.

　그런 것이다.

　녀석은 본인뿐만 아니라 제 가족의 안위까지 무시해 버릴 정도로 눈이 멀어 버렸다.

　툭.

　녀석의 시체가 힘없이 무너졌다.

　그때 파괴된 갑옷과 동시에 타 버린 티셔츠 안으로 문신들이 보였다. 뇌력 줄기로 마저 남은 천 쪼가리들을 찢어발겼다.

　레터링 문신 전체가 드러났다.

GREAT SYSTEM

＊　　　＊　　　＊

　꼭 시스템을 신으로 추존해야만 직성이 풀린단 말인가.

왜 우리 인류는 어떻게든 의지해야 할 대상을 만들어 버린단 말인가.

칠마제를 숭배하지 않는 게 차라리 다행이라고 여겨야 할 일이었다. 이런 녀석들은 둠 아루쿠다의 시선을 한 번이라도 겪고 나면, 바클란 군단처럼 제단을 세우고 인신 공양을 할 녀석들이다.

젠장.

녀석을 따르는 각성자들은 얼굴을 굳힌 나를 바라보고 있었다.

내게서 불길한 분위기를 느끼고 말았는지 전투를 대비하고 있는 모습들이었다.

더는 나를 자극하진 않겠지만 그렇다고 가만히 당하지만은 않을 거란 눈빛들이 일렁거렸다. 대개 그런 녀석들은 공대장급이고 소수다.

대다수는 그들의 명령을 벌써부터 거역하고 있었다. 실제로 두 팔을 올린 채 걸어 나오는 녀석들이 나타났다. 그러고는 적당한 거리에서 무릎을 꿇고 나와 싸울 의지가 없다는 걸 얼굴 전체로 피력하기 바빴다.

그들부터가 시작이었다.

서 있던 자리에서 무릎을 꿇는 자들이 빠르게 불어났다.

처음부터 린데가르트의 측근들은 살려 둘 생각이 없었다.

린데가르트에 꾸준히 교화되었을 녀석들이었고, 시스템 자체에서 품어져 있는 초자연적인 힘에 중독되어 버린 녀석들이었다.

시스템이 변질된 진짜 이유를 들려준다고 해서 달라질까? 녀석들에게 중요한 건 그게 아닌데?

[데비의 칼을 시전하였습니다.]

뎅강!

*　　　*　　　*

"놈이 그런 생각을 품고 있을 줄은…… 차마 눈치채지 못했어요. 속내를 드러낸 적이 없던 놈이었어요. 대체 무슨 생각을 하고 사는지 모를 놈이었죠."

말은 그렇게 하고 있지만, 정작 그녀의 눈빛이 흔들리고 있었다.

그녀는 말없이 자신을 노려보고 있는 나를 한참 동안 바라보았다. 자신은 결백하다는 걸 말하고 싶었던 것 같다.

사전 각성자들은 특히 그래 왔을 수밖에 없었다.

아무런 생각 없이 단세포처럼 살아온 놈이 몇이나 되겠

는가.

대다수는 시스템의 본질에 대해서 끊임없이 의심해 왔을 것이다.

그래서 조슈아에게 누누이 주의를 줬던 것이 건만.

"조슈아가 너희들을 잘못 가르쳤군."

나조차도 느낄 수 있는 실망감이 잔뜩 묻어 나왔다.

"놈이, 린데가르트 그놈이 유별난 거예요…… 죄송합니다."

여기는 피비린내가 물씬 풍기는 전장의 한가운데다.

츠으으윽. 츠으윽.

온갖 신음 소리를 비집고 뭔가 끄는 소리가 들렸다. 성일이 나를 보더니 구겼던 표정을 환하게 퍼트렸다. 그가 질질 끌고 온 중국인 각성자를 내 앞에 내려놓으며, 한마디 뇌까렸다.

"꺼득하다간 놓쳐 버릴 뻔했어. 겁나게 날랜 놈이여, 이거."

"이태한은?

"우리 핸드폰 가게 사장님은 다른 짱개들 족치러 갔지. 걔네들하고는 대화가 좀 통했으면 좋겠는디, 이것들 쫀심이 어지간……."

성일은 더 떠들어 대려다가 그쳤다. 내 분위기가 평소보다 날 서 있다는 걸 모를 리가 없었을 거다. 그 정도로 둔한 친구가 아니다.

성일에게 주변 정리를 맡기고 엔젤라를 따로 데리고 갔다.

피비린내는 나도 잡음이 들리지 않는, 인적 없는 곳으로였다.

"그간 빙산의 일각만 봐 왔을 뿐이지. 진실을 들려주마. 군나르손에게도 이태한에게도 휘하 각성자들에게도. 그리고 앞으로 마주치는 모든 이들에게도 이 진실을 널리 알려야 할 것이다. 내 입을 대신하여."

"예."

칠마제의 존재. 시스템이 변질된 진짜 이유 등을 들려주었다.

설명이 다 끝났을 때 엔젤라는 살짝 멍해져 있었다.

"앞으로도 이태한은 우리 일원이다. 그리고 내 직속이기도 하지. 관심을 가지고 지켜보기는 하되 방해는 하지 말아라."

그 정도로도 충분했다.

나는 그녀의 어깨를 툭툭 쳐 준 후, 성일에게 돌아왔다.

"우리는 이만 가자."

"벌써? 여기에 정 좀 붙이고 사나 싶었더니. 흐흐. 역마살 낀 거 아녀?"

역마살은 개뿔.

이태한에게 힘을 실어 주기 위해서라도 더 이상의 개입을 중단해야 한다.

기본적인 능력치만으로는 엔젤라와 군나르손에 훨씬 미치지 못하나, 제 3 세력을 만들어 낼 인물로서는 부족함이 없는 녀석이다.

　2막이 시작되기까지 열흘을 앞둔 날.

　5개의 이름으로 쪼개져 있던 세력들이 레볼루치온의 이름 아래로 일통되었다.

　그리고 하루를 앞둔 날, 모든 각성자들이 소집되는 대집회가 열렸다.

　수만 명에 달하는 생존자들이 한 구역에 운집해 바글거렸다. 엄청나게 불어나 버린 인구수에 본인들부터가 질린 기색들이다.

　물론 인종 간, 세력 간의 경계가 그리 쉽게 사라질 일은 아니라서 서로들 간에 조심하는 분위기가 형성되어 있었다.

　성일과 나도 사람들 속에 끼어서 집회로 흘러들어 와 있었다. 아직까지는 레볼루치온(12)의 지도층에서 우리를 발견한 자가 없었다.

　그들은 아래 광경이 한눈에 내려다보이는 건물의 옥상에 모여서 연설을 준비하고 있었다.

　"아따 밀치지 좀 말어. 누군 못해서 가만있나. 뭐. 꼬라보면 어쩔 껀디?"

성일이 주위에 대고 뇌까렸다. 그러나 우리 주위는 순 다른 국적의 각성자들뿐으로, 돌아오는 답이라곤 높은 톤의 덴마크 말이 다였다.

나는 성일의 어깨를 쳐서 그의 관심을 옥상 위로 돌렸다.

이태한이 옥상 난간으로 모습을 드러내고 있을 때였다.

"와아아아!"

이태한 옆으로 엔젤라와 군나르손이 나란히 서고, 아이템을 휘감은 주력 공대장들이 뒤로 포진하면서 함성 소리는 폭발 직전까지 치달았다.

어느새 성일도 열기에 합류해 있었다. 그는 모두와 같이 똑같은 함성으로 소리를 보냈다.

그러며 붉게 상기된 얼굴로 날 향해 씩 웃는데, 어쩐지 음흉한 미소였다.

"우리 사장님. 거하게 출세한 거 보니 내가 다 기분 좋구만."

성일의 말마따나 삼인 중 중심으로 부각된 인물은 이태한이었다.

제일 중앙에 서 있었고 연설도 그가 맡기로 한 것 같았다.

환호성은 한참 뒤에야 그쳤다.

"내일 우리는 2막을 맞이하게 됩니다. 2막에서 우리는! 상식적으로 하지 말아야 할 일들을 엄중히 다룰 것입니다."

살인, 강간, 폭행, 갈취 등 규율에 대한 연설이 쭉 이어 졌다. 마지막은 우리는 여기서도 행복해질 자유가 있다는 희망적인 언사였고 화제가 전환되었다.

"우리는 또한 시스템에 의문을 품어 왔습니다. 모두가 그래 왔습니다."

이태한은 그 말로 포문을 열었다.

"불철주야. 시스템의 이면에 숨어져 있는 비밀을 파악하 기 위해 각고의 노력을 다해 온 우리입니다. 그리고 마침내 여러분들에게 진실을 들려 드릴 수 있게 되었습니다."

이태한은 거기서 말을 끊고 기다렸다. 그의 옆에 포진해 있는 인사들로부터 덴마크어와 중국어로 통역된 외침들이 반복됐다.

칠마제가 거론되기 시작했다. 변질되어 버린 시스템에 대해서, 그러니까 악의적인 부분들이 발생하는 이유들이 이태한의 입 밖으로 풀어져 나갔다.

그렇기 때문이었다. 잔뜩 고조되었던 열기는 거짓말처럼 식어 버렸다.

적막해졌고 침을 삼키는 소리만 나기 시작했다. 수만 명 이 운집해 있음에도 나는 소리는 정말로 그게 전부였다.

"그것이 진실입니다. 시스템의 변질된 부분은 우리가 찢 겨지길 바랍니다. 하지만 두려워 마십시오. 시스템이 우리를 경계하고 있다는 바는 곧 우리가 강하다는 방증인 것입니다. 우리는 강합니다. 믿으십시오. 2막에서 우리는 더욱 도약할 것입니다. 그간 우리는 다양한 이름으로 불리고 다른 이름을 서로 적대시해 왔으나, 이제 우리를 부르는 이름은 하나입니다. 레볼―루! 치온!"

이태한은 단순히 레볼루치온의 이름만 부르짖지 않았다.

허공을 움켜쥐어 든 오른팔을 힘 있게 뻗어 주먹을 꽉 쥐었다. 레볼루치온, 혁명이란 단어에 제격인 경례법이었다.

재벌 총수가 투쟁과 결의의 제스처를 쓴다는 것이 아이러니한 일이지만, 뭐 어떤가. 여기는 아직 바깥이 아닌 것을.

"레볼―루! 치온!"

엔젤라도 군나르손도 똑같이 외치고 똑같은 경례법을 사용하였다.

그때 몬스터 가죽을 이어 만든 깃발들이 일제히 솟구쳐 오르며, 레볼루치온의 상징이 큼지막하게 박혀 있는 현수막 또한 옥상부터 바닥까지 내려트려졌다.

열기는 순식간에 전염되기 마련이다. 온갖 주먹들이 허공을 움켜쥐기 시작했다.

"레볼―루! 치온!"

"레볼―루! 치온!"

Chapter 3.

[시작의 장(2막)에 진입 합니다.]

시퍼런 잡풀들이 무성한 숲 한가운데.

성일과 단둘뿐이다.

진입 이전에 나와 묶인 사람은 성일이 유일했기 때문이었다.

"여기 말여. 소대가리들 본토 아녀?"

그렇다면 혹 이수아와 신경아를 찾을 수 있을지도 모른다는 생각에서였을 것이다. 성일은 물소리가 들리는 쪽을 향해 살짝 흥분된 목소리를 냈다.

대답 대신 먼 전방을 가리켜 보였다.

나무들에 시야가 제법 가리고 있지만 선명한 빛이기 때문에, 매우 멀리서 존재하지만 거대하기 때문에.

여기에서도 빛기둥을 볼 수 있었다. 구름을 뚫고 떨어져 대지까지 수직으로 이어져 있다.

확신하건대 저건 바클란 군단의 본토에서는 볼 수 없던 물건이다.

[시스템(군단)이 개방 되었습니다.]
[시스템(길드)가 개방 되었습니다.]

[* 레볼루치온(12)가 임의로 창설 되었습니다.]
[* 레볼루치온(12)의 길드장으로 '이태한'이 임의로
지정 되었습니다.]
[* 당신은 임의로 레볼루치온(12)에 소속 되었습니
다. 탈퇴할 수 있습니다.]

메시지가 연달아 떴다. 빛기둥만큼이나 진짜 2막이 시작되었다는 증거다.

길드, 군단 등이 각성자 사이에서 구두로만 협약되는 게아니라 시스템으로도 강제되는 것이다.

시스템이 힘이 분산되는 걸 감수하고 길드 등의 체계를 활성화시킨 까닭은 2막부터 진행되는 무대의 규모 때문이리라.

[길드명: 레볼루치온(12)
길드장: 이태한
부길드장: 설정 되지 않음
길드인원: 72,121 명
군단: 설정 되지 않음]

[퀘스트 '권좌'가 발생 하였습니다.]
[권좌 (퀘스트)
길드장에게는 길드 내의 강력하고 광범위한 권한이 부여됩니다.
임무: 길드장 처치
보상: 경험치 및 길드장의 지위]

거대 조직의 리더가 단지 죽고 죽이는 걸로 결정되지는 않지만 이런 퀘스트들이 쌓이고 쌓여서 반목을 조성하기 마련이다.

취소가 가능한 퀘스트라 그 즉시 날려 버렸다.

[상태 창에 종목이 추가 되었습니다.]
[대상: 길드, 군단, 공격대]

[이름: 나선후 레벨: 483 (첼린저) * 2회차 *
길드: 레볼루치온(12)
군단: 소속 없음
공격대: 소속 없음]

[길드: 길드장 이태한이 부 길드장으로 '엔젤라'와
'군나르손'을 지정 하였습니다.]

진입과 함께 동반되었던 메시지는 거기서 끝이 났다.
"겁나게 띄워 대는구만."
하지만 2막의 시작을 알리는 진짜 메시지는 지금부터다.
정령의 메시지.

[크고 아름다운 빛기둥이 보이시죠?]

"크고 아름다운 건 나한테도 있는디. 흐흐."
성일은 낯선 차원에 뚝 떨어졌어도 여유로웠다. 그러나
정령이 꼭 결정적인 순간에는 변질되고 만다는 것을 떠올린 것인지, 그의 눈에 걸려 있던 눈웃음이 천천히 지워져 나갔다.

[그렇다고 현혹 되진 마세요. 여러분들을 위해 존재하는 게 아니랍니다. 여러분들을 약하게, 여러분들의 적들은 강하게 만들어 버리죠. 눈치채셨죠? 2막 1장의 임무는 저 빛기둥을 최대한 빨리 파괴하는 데 있어요.]

메시지가 계속됐다.

[빛기둥은 바클란 군단의 권역 안에 있어요. 여러분들은 아직 모르지만 바클란 군단은 강인한 군단이랍니다. 하지만 걱정 마세요. 승급 못 한 (｡>﹏<｡) 제 동료들이 여러분들을 도울 테니까요. 저희들의 지도를 잘 따라오면 이번 장에서도 뛰어난 성과를 거둘 수 있을 거예요. 자세한 사항은 제 동료들이 가르쳐 줄 테니 조바심 갖지 마시고요.]

"이게 끝이여? 더 없으?"
"조만간 알게 되겠지. 가자."
성일의 말마따나, 정령은 정작 중요한 정보들은 제공하

지 않았다.

빛기둥이 1단계에서는 공격력 등의 약화를, 2단계에서는 아이템 무력화를, 3단계에서는 스킬과 특성 무력화를.

그리고 대망의 4단계에서는 각성자들의 모든 능력치를 쓸모없게 만들어 버린다는 중요 정보들을 제공하지 않은 것이다.

빛기둥에 도달하기까지 도사리고 있는 위험 요소들도, 매일 밤마다 있는 나이트 습격에 대해서도, 그 이전에 이 무대가 어떻게 구성되어 있는지조차 하나도 다루지 않았다.

이렇게나 불친절할 수가 없었다.

본 시대에서는 이번 무대를 크게 세 개 구역으로 나눴었다.

무대 전체를 원으로 놓고 봤을 때.

제일 안쪽은 빛기둥과 위험 요소들이 포진해 있는 레드 존이고, 제일 바깥쪽이 나이트 습격의 발원지인 블랙 존이다.

그리고 레드 존과 블랙 존 사이에 껴 있는 구역이 블루 존이었다.

성일과 내가 밟고 있는 여기?

물론 블루 존 안이다. 블루 존에는 여덟 개의 도시가 존재하고 생존에 필요한 물과 식량들을 구할 수 있다.

　　　　　＊　　　　＊　　　　＊

　[길드: 길드장 이태한이 도시(3)을 점거 했습니다.]

　[길드: 길드장 이태한이 도시(3)을 '임시 본부'라 명명하였습니다.

　* 길드장 이태한이 도시(임시 본부)의 시장으로 지정되었습니다.]

　　……

　[길드: 길드원 펑티안웨이가 도시(8)을 점거 했습니다.]

　[길드: 길드원 펑티안웨이가 도시(8)을 '베이징'이라 명명하였습니다.

　*길드원 펑티안웨이가 도시(베이징)의 시장으로 지정 되었습니다.]

　[길드: 길드원 이주신이 도시(베이징)의 시장으로 지정 되었습니다.]

　[길드: 길드원 이주신이 도시(베이징)을 '레볼루치온 이주신'이라 명명 하였습니다.]

　메시지 창이 더러운 반면, 갓 생성된 도시는 크고 깨끗했다.

사람들이 테마파크에 입장하듯 주변을 구경하며 걸음을 옮기고 있었다. 물론 도시 외벽은 아직 존재하지 않았다.

도시의 이름이 새겨진 거대 비석 뒤부터가 도시의 시작점이었다.

[도시(레볼루치온 이주신)에 진입 하였습니다.]

수십 층 고층 빌딩이 줄지어 있는 건 아니지만, 바깥의 향수를 불러일으키기엔 조금도 부족함이 없는 광경이었다. 1막 1장의 조그마한 마을 규모와는 감히 비교도 될 수 없다.

그래서 바깥을 점점 잊어 가는 사람들에겐 좋은 채찍질로 작용될 것 같았다.

시스템이 정말 그런 의도로 이런 무대를 준비해 둔 건지는 모를 일이다만.

"끝내주네잉."

성일은 감격했다.

"저런 건물 딱 하나만 있으면 소원이 없겠다 싶었었는디. 1층에 편의점 깔고 2층에 PC방 3층에 만화방 4층에 당구장 5층에 독서실. 최고 아녀? 바깥에 돌아가믄 저런 거……."

성일이 말을 다 끝내지 못한 채 한쪽을 턱짓해 가리켰다.

정령이 반딧불이처럼 길가에 떠 있는 쪽으로였다. 정령은 사람들 사이를 날아다니지 않고 딱 그 자리에서만 날개를 펄럭이고 있었다.

[승급 못 한 아이 (종족)
승급을 못 해서 우울합니다.
등급: ?]

과거 본 시대의 2막 시작과 여전히 동일했다. 저것들이 퀘스트를 준다.

어쨌든 당장 목적은 저것들에게 있지 않았다.

도시 중앙부의 시청 건물을 향해 걸음 속도를 높였다.

느릿한 발걸음으로 도시를 구경하고 있는 자들은 성장이 뒤떨어진 녀석들이다.

그러나 1막에서 주력 공격대로 활약해 왔거나 욕심이 있는 녀석들 대개는 시청 건물 쪽에 운집해 있었다. 무엇이 중요한지 아는 거다.

다만 한 개 집단이 광장으로 올라가는 계단과 건물 입구를 막고 있어 굉장히 떠들썩했다. 날 선 목소리들이 튀어댔다.

"너희들이 무슨 자격으로?"

"몇 번이나 말해야 하는 거냐. 상부의 지침이 따로 있을 때까지라고 했다! 지침이 곧 하달될 것이다. 문제 일으키지들 말고 닥치고 있어!"

"저 안엔 뭐가 있지? 시장이 되면 무슨 권한이 있는 거냐?"

"너 플래티넘이냐? 플래티넘 미만은 좀 닥치라 했지!"

계단에 서서 사람들을 상대하고 있던 녀석이 소리를 질렀다.

중국 말도, 덴마크 말도 한꺼번에 쏟아지던 중이었다. 말은 통하지 않아도 그게 욕설이라는 것쯤은 듣는 순간 알 수 있는 법.

녀석은 안 되겠다 싶었는지 입을 닫고 제 주위의 동료하고만 눈빛을 교환했다.

착!

그들이 일제히 무기를 뽑아 들고, 방패들을 더욱 견고하게 세웠다.

"어제는 분위기 죽였었는디, 그새 또 쌈박질이네. 어쩔까? 정리해? 여기 먹고 시작하는 거지?"

성일이 눈치 빠르게 물었다. 고개를 끄덕이자 성일은 사람들을 밀치고 들어갔다.

"지나갑니다. 소방차 지나가요잉."

그가 열어 가는 길로 발걸음을 내디뎠다.

우리나라 각성자들 중에서 나를 알아보는 녀석들이 있었다.

소스라치게 놀란 눈알들이 파르르 떨려 대는데, 정작 내 코드명을 입에 담는 이는 한 명도 없었다. 성일의 이름만 들렸다.

그자의 심복 권성일이 나타났다고.

그러나 워낙에 많은 사람이 운집해 있고 큰 목소리들이 시끄러웠던 탓에 성일의 진행 반향만 뚫리고 있을 뿐이다.

계단을 막아서고 있던 녀석이 성일을 의식하기 시작했다.

성일이 녀석 앞에까지 이르러서 말했다.

"지금까지 수고했으. 동상."

"……."

"이제 비켜 줬으면 좋겠는디. 뭐 혀. 비키지 않고. 확 박고 들어가?"

"누굽니까. 당신."

녀석은 우리의 얼굴을 몰랐다. 다만 성일의 기세나 흉갑이 절대 보통 수준이라고는 볼 수 없는 것이라서, 녀석은 직전처럼 함부로 굴지 않았다.

"들어는 봤을 거여. 크롱이 아빠라고."

"장난치지 마십시오. 소속부터 밝히십시오. 어느 공격대 분이십니까."

"공격대 같은 건 없고. 권성일이라고 들어 봤어?"

"……."

그제야 녀석의 시선이 내게로 넘어왔다. 더 너머 내 뒤쪽으로도 조용해진 몇몇 사람들을 발견한 모양이었다.

"오딘 님과 인간 칼리버…… 권성일 님을 뵙게 돼서 무궁한 영광입니다!"

그때부터였다.

"그분이셔."

"저자가 그……?"

"쉿."

"많이 다른데? 맞어? 아닌 것 같은데."

"저자가 정말 그분이시라고?"

"왔어. 와 버렸어. 뭐해. 빨리 따라와. 여기 있으면 안 돼."

"뭐 때문에 나타난 거야?"

"저자가 다 죽였어."

"맞아. 저분이셔. 내가 봤어."

조잘조잘 속삭거리는 소리들이 빠르게 확산됐다. 우리나라 말을 모르는 중국, 덴마크 국적의 각성자들도 내 코드명만큼은 들었던 적이 있었을 것이다.

그들의 시선이 내 뒤통수로 집약되어서 부딪쳐 오는 동안.

계단을 막고 있던 인간 방벽이 활짝 열렸다가, 우리가 지나치고 나자 다시 닫혔다.

소식을 전해 받은 녀석이 뛰어나왔다. 자신을 이주신 공격대의 이주신이라고 밝힌 녀석이었고, 녀석의 칼끝에선 신선한 핏방울이 떨어지고 있었다.

"중, 중국 놈이 멋대로 도시를 점거했었지만 처리했습니다."

"이주신."

"예. 옛! 분부만 내려 주십시오."

"내 이름 대고 도시 전부를 비우도록. 너희를 포함해 한 명도 빠짐없이."

"……옛!"

"날이 저물기 전까진 다른 도시로 들어가야 할 것이다. 저쪽으로 시장 권한 넘기고."

"옛!"

녀석이 제 무리를 이끌고 빠져나간 후.

성일이 허공을 바라보면서 물었다.

"재미난 거 많네. 근디 이름 꼬라지가 거시기 하구만. 뭐라 바꿀까?"

대답해 준 다음이었다.

[길드: 길드원 권성일이 도시(레볼루치온 이주신)을
'출입 금지'라 명명 하였습니다.]

출입 금지.
그것이 이 도시의 이름이다.

*   *   *

소리라고는 우리들의 발걸음 소리뿐이었다.

사람들이 전부 빠져나간 도시의 공기 속에는 차가운 기
운이 맴돌았다. 더는 다른 사람들의 체취와 목소리가 없기
때문일 것이다.

"이런 데서 혼자 평생 살라믄 못 살 거여. 건물주도 혼자면
뭔 소용이겠어. 괜히 으스스하구만. 어둠보다 무서븐 거여."

성일은 어쩐지 소름 끼치다는 듯이 말했다.

"근디 빛기둥이란 거 말여. 가서 그냥 부숴 버리면 되는
거 아녀? 소대가리 왕도 곱창으로 만들어 버렸는디 못할
게 뭐 있겠어. 안 그려?"

결론부터 말하자면 가능하면서도 불가능하다. 레드 존에

는 수 겹의 결계들이 존재하니까.

아무것도 몰랐던 시절에야 세계가 돌아가는 룰을 몰랐다.

예컨대 우리 각성자들에게 부여된 능력, 시스템을 구성하고 있는 체계들, 그리고 여기 도시처럼 새로운 차원 안에 설립된 무대들.

이 모든 것들은 시스템의 한정된 힘이 분배된 결과였다.

레드 존을 겹겹이 둘러싸고 있는 결계들을 부수는 일도 비슷하다.

시스템은 요구하고 있다.

결계를 부숴 줄 수는 있는데, 우리에게 그만한 자격이 되는지.

그러니까 결계를 부순 후에도 다음 결계까지 진출할 자격이 되는지를 입증하라는 것이다.

대리자들의 지시를 충실히 완료해 나가는 것으로 말이다.

맞다. 퀘스트가 주어질 것이다.

"부숴 버리면 되는 거 아녀?"

성일이 다시 물었다.

물론 성일은 그런 의문을 품을 수 있지만 적어도 나는 그래선 안 됐다.

전생자이자 탐험자이자 차단자이자 도전자인 나는!

시스템이 시키는 대로만 맹목적으로 따라가는 건 노예나

할 짓이다.

이면에 감춰진 진실을 쫓아가야지.

* * *

말했던 바, 과거에는 세계가 돌아가는 룰을 알지 못했다.

하지만 회귀 이후부터는 진실을 엿볼 수 있는 퍼즐들을 발견할 수 있었다.

바클란 군단의 본토에서 목격했던 그들의 '대의식'을 보자.

그걸 두고 시스템은 이런 정보를 떠올렸었다.

[바클란 군단의 대의식에 대하여 (탐험자 보상)

바클란 군단은 이루고자 하는 목적에 큰 어려움이 **부딪쳤을 때, 둠 아루쿠다**가 해결해 주기를 바랍니다.

하지만 안심 하십시오. 당신의 고향은 안전 합니다.]

이루고자 하는 목적은 우리들의 고향을 침공하는 것을 일컬을 것이다.

그렇다면 큰 어려움이 부딪쳤다는 건 무슨 말인가?

시작의 장이 진행되면서 우리들의 고향 지구는 시공이 중지된 상태다.

바클란 군단뿐만 아니라 칠마제의 모든 추종자들의 공격 또한 그때 중단되어 버린 것과 마찬가지인 셈이다.

때문에 바클란 군단이 대의식을 통해 해결하고자 했던 바는 바로 그것일 테고, 다른 군단들에서도 비슷한 의례들이 진행되고 있을 것이다.

지구의 중지된 시공을 뚫고 계속 공격을 가할 수 있도록!

하지만 '당신의 고향은 안전 합니다.' 라고 언급하고 있다시피 시스템은 훌륭히 방어를 하고 있는 것으로 보인다.

시작의 장이 진행되는 동안 지구가 안전한 이유다.

단순히 지구는 멈춰 있어서 안전해요, 가 아니다.

칠마제 군단이 여러 의례 등을 동원하여 계속 공격하고 있긴 한데 시스템이 어떤 초자연적인 방법으로 막아 주고 있어서 아직은 괜찮아요, 가 맞다.

시스템이 하는 일에도, 칠마제 군단이 하는 일에도 다 원인이 있다는 것!

그래서 드는 의문들이다.

첫째. 시작의 장이 각성자들의 훈련 장소이기만 할까?

둘째. 여기는 어디고, 빛기둥은 무슨 목적으로 여기에 자리하고 있을까?

칠마제 군단의 침공 아래 사라진 문명들이 존재한다는 걸 알고 있다.

1막 1장은 크시포스 군단의 영역이었다. 엄밀히 말하자면 크시포스의 본토는 아니지만, 그것들이 주둔하고 있던 장소였다.

웨이브가 닥치면 여기와 저기로 완벽히 구분된 경계 면 너머에서 털복숭이 크시포스들이 쳐들어왔다. 그것들은 일명 둥지라는 데에서 소환되었다.

1막 2장은 첨탑이 생성되었다. 첨탑은 죽은 자들의 신전으로 이어졌다. 의례가 한창이던 언데드들을 제거하고 신상(神像)인 얼굴 없는 석상들을 처치하는 게 목표였다.

나야, 악의적인 개입으로 대지 전체를 관통해 버렸었지만.

1막 3장은 우리 무대로 털복숭이 군단이 게이트를 열고 쏟아졌다.

여기까지가 전 세계의 각성자들이 동일하게 겪은 일이다.

알겠는가.

시스템은 자체적으로 만들어 둔 독립된 시공간이 아니라, 비교적 약한 녀석들인 크시포스 군단의 주둔지로 우리들을 떨어트리며 시작의 장을 연 것이었다.

1장에서 약졸들을 대상으로 실전을 경험시키고 2장에서 둠 엔테과스토와 관계된 의례를 차단시키게 했다. 3장에서는 주둔지를 빼앗긴 크시포스 군단들이 복수에 나서며 방어전을 치렀다.

2막의 임무들도 칠마제 군단의 의례들을 차단하는 게 주가 된다.

이 스토리대로라면 우리는 훈련생이 아니다.

시작의 장도 훈련 장소라고 불릴 수 없다.

애초부터 우리는 병사로 전장에 투입된 것이다. 아마도.

그렇다면 본 시대 초기에 세계 권력가들이 그리도 염원했던 일은, 시작의 장에서 이미 있었던 게 되는 것이다.

역습 말이다.

적들의 땅을 전장 삼아.

*   *   *

내가 말했다.

"퀘스트들을 완료해야만 빛기둥까지 도달할 수 있다."

"그럼 더 생각할 게 뭐 있으. 후딱 완료해 버리자고."

"그것도 좋지만."

"좋지만?"

"서두를 필요가 없다는 거지. 누구도 우리보다 빠를 순 없다."

게다가 이 도시의 모든 퀘스트는 내 수중에 있는 것이나 다름없는 상황. 2막 1장의 히든 보상도 막바지에 가서야 얻을 수 있기 때문이다.

빛기둥이 위험 단계에 도달하기 전에만 풀어 주면 된다.

게임으로 치자면 플레이 타임을 길게 가져가야 하는 것과 같다. 더 많은 나이트 습격을 유도해야 하니까.

그 무렵 이태한 쪽은 정비를 마치고 움직이기 시작했다.

[길드: 일성 군단의 이태한 공격대가 결계(1층 3구역)에 도전 하고 있습니다.]

"아따 추진력 보소. 우리 사장님 겁나게 빠르네잉. 근디 안 들어도 돼? 시장 창 메뉴에 뭐가 잔뜩 많어."

시장이라.

본 시대에서는 시장은커녕 일개 망루 병졸이었다. 결계 퀘스트에는 손도 대지 못했다.

나이트 습격 퀘스트만 몇 개 주워 담고, 외벽 망루에서 경계하고 있다가 몬스터나 다른 길드의 공격대가 나타나면 경종을 울리는 게 내 임무였다.

낮에는 다른 길드 놈들과 싸우고 밤에는 몬스터와 싸웠다.

그러다 간혹 다른 길드의 도시를 침공하러 갈 때 소집되긴 했지만 거의 없던 일이었다.

평소에는 망루에서 자고 먹고 싸고.

그랬던 녀석이 통째로 도시 하나를 먹고 있다니 실소가 피식 나왔다.

길드 메시지가 몇 개 더 뜨는 중에도 성일은 허공을 훑고 있었다. 그에게만 보이는 시장 메뉴 창과 설명 메시지들을 바라보는 동공의 움직임이 꽤 바빠 보였다.

"우리한테는 필요 없는 거다."

"건설 메뉴도 있네. 도시 권역 안에서 퀘스트 완료되는 대로 점수가 들어온다 하고, 그걸로 외벽이니 뭐니 하는 방어 시설들을 겁나게 만들고 강화시킬 수 있다는디…… 우리 사장님이 빠르게 움직일 만했네."

"맞다. 해가 지면 어둠이 도래하고 몬스터들이 쏟아질 테지."

"역시. 오딘. 모르는 게 없구만."

"……"

"그럼 방어 시설 같은 건 귀찮기만 할 테고. 자 그럼 이제 뭐 할까?"

"퀘스트부터 받아야지."

길가의 정령 쪽으로 걸음을 옮겼다. 길가의 정령 외에도 다른 곳에서 쉽게 정령을 찾을 수 있으나 어차피 그것들이 내놓는 퀘스트는 다 동일하다.

    [심심한 아이 (종족)
    사람들이 없어서 심심해 합니다.
    등급: ?]

    [왜 다 떠나 버린 거죠? (๑´ㅅ`๑) ……이렇게 훌륭
    한 도시를 두고.]

"다른 데로 갈까?"

    [아앗! 환영합니다. 저는 인도관님의 지시로 도시
    (출입 금지)에 배정된 루아―르 라고 합니다.]

성일에게도 똑같은 메시지가 전달되었던 모양이다.

정령이 제 이름을 밝히고 나오는 것은 이번이 처음인지라, 성일의 얼굴에는 경계심보다도 호기심이 더 크게 자리해 있었다.

성일이 정령에게 좀 더 얼굴을 가까이 가져가며 말했다.

"루아르?"

[루아르가 아니라 루아―르입니다.]

"루아르?"

[혀를 조금 더 사용하며 입안을 공명 상태로 만들어
주십시오. 루아―르.]

"그 짝한테까지 영어 써야겠어? 그냥 영희 해라. 철수와
영희 할 때 영희. 알어?"

[모릅니다. 저는 루아―르입니다.]

성일은 마냥 눈치가 없지 않았다. 정령에게 얼굴을 들이
댔을 때부터, 이것들이 무소불위의 능력을 행사하는 인도
관에서 그저 그런 전달자쯤으로 신분이 추락했다는 걸 짐
작한 것 같다.

본 시대에서도 그랬다. 이것들이 붉은빛으로 돌변했던
경우를 본 적이 없었다.

어쨌든 정령은 성일을 상대하기 싫다는 듯 내게로 몸을

돌렸다. 작은 날개를 팔랑이면서 푸른 빛무리를 뿌린다.

그래 봤자 반딧불이와 다를 바 없는 신세인 것을.

나는 어서 진행하라고 손을 까닥였다.

[네. 본 무대에 대해서 설명 드리겠습니다. 7개의
결계가 빛기둥을 보호하고 있으며 각 결계 안에는 몬스
터와…….]

"설명은 스킵하고 바로 퀘스트로 넘어가지."

[퀘스트는 결계 권역 안에서 수행되는 퀘스트와 나
이트 습격에서 수행되는 퀘스트로 나뉩니다. 결계 권역
안에서 수행되는 퀘스트는…….]

"그것도 스킵. 내놓을 수 있는 퀘스트 전부 가져와."

[성미가 너무 급하시네요. 지금 진행할 수 있는 퀘
스트는 결계 퀘스트로 12개, 나이트 습격 퀘스트로 9개
가 있습니다. 21개의 퀘스트 전부에 의욕을 보이신 건
좋지만 제 설명을 듣고 각성자 님의 수준에 맞는 퀘스
트를 차근히 이행하셔야 합니다. 아시겠어요? 공격대

급, 군단 급 퀘스트도 상당하다고요. 하지만 이 도시에 각성자 님들은 단둘뿐. 그래서 저 루아―르가 추천 드리는 퀘스트로는…….]

"너그들은 웬케 말이 많은가 모르겄어. 우리가 공격대고 우리가 군단이여."

성일이 툭 내뱉은 말로써, 이번에도 정령의 메시지는 중간에 끊겼다.

"다른 영희들도 우리를 애타게 기다리고 있는 거 보이지 않으? 비싸게 굴지 말고 좋은 말로 할 때 시원하게 가자고."

[좋아요. 하지만 포기 해야 할 건 포기하셔야 해요. 잊지 마세요. 저 루아―르는 두 분께 경고 드렸어요. 분명히요.]

[퀘스트 '우직한 전사들'이 발생 하였습니다.]

그 메시지가부터가 시작이었다. 퀘스트 목록이 빠르게 갱신되었다.

[진행 중인 퀘스트

1. 둠 맨의 탄생(1) : 483 레벨 / 561 레벨

2. 잠재적인 위협: 317명 * 완료 조건 충족

3. 우직한 전사들: 0/500

4. 진짜와 가짜: 0/1

5. 군단의 힘: 0/1

6. 결계(1층 8구역) 탐사 : 미달성

7. 바클란 투기장의 용사: 0 / 10

…….

23. 여왕님, 여왕님 : 0/200]

"오딘……."

옆에서 성일의 목소리가 희미하게 떨려 왔다. 우리는 같은 걸 보고 있었다.

[여왕님, 여왕님 (퀘스트)

바클란 군단에 차기 군왕이자 최초의 여왕이 탄생되기 직전 입니다. 여왕을 추대하는 무리들은 이미 군진을 장악 하였으며, 나이트 습격 대원으로도 활약 하고 있습니다.

임무: 여왕 추종자 처치 200 마리.

보상: 경험치 및 플래티넘 박스]

나는 성일의 어깨에 손을 올리며 말했다.

"확인된 건 아무것도 없다. 차차 알게 되겠지. 그때까지."

"그때까지?"

"렙업 타임이다. 권성일."

*   *   *

이것이 해골용을 소환하지 않았을 때의 주력 1세트다.

[아이템 — 라의 태양 망토(S) 아도니스의 신성 투
구(S) 바르바 투기장의 우승 대검(S) 귀자모신의 갑주
(A) 금강역사의 수호 장갑(A) 아티스의 반지(A) 미네
르바의 반지(A) 프리그의 깃털(A) 에오스의 반사경(A)
로키의 애장품 (A)]

하나씩 소환되며 내 몸에 장착됐다. 두텁고 거대한 대검
의 날 위로 내 뒷모습을 쳐다보고 있는 성일의 얼굴이 비쳤
다.

"내 아는 형님 한 분이 그러더라고. 그때는 이혼 소송을 당하기 전이었거든. 하여튼 그 형님이 말하길, 가진 재산이 있으면 겁나 먼 시골 촌구석의 신협이나 어협 같은 데에다가 후딱 숨겨 놓으라고 했었어. 그러믄 여편네에게 재산을 뺏기지 않을 수 있다나 뭐라나."

성일은 인벤토리 시스템을 시골의 신협 따위에 대입하고 있었다.

퍽 재미있는 발상이었다.

나는 뭉족 각성자에게서 획득했던 대검을 휘둘러 보며 한마디 내뱉었다.

"그래서 숨겨 뒀고?"

"빤스 말고는 숨길 게 있어야지. 알그지였어. 바깥으로 돌아가믄 전 여편네한테 재결합 애길 꺼내 보려고. 돈 많은 노땅 물어서 잘살고 있는 것 같긴 한디, 속사정은 아무도 모르는 거잖어. 생각할수록 기철이한테 미안한 게 많어. 잘 해 볼 거여. 진짜."

"우리가 파악하기론…… 3막까지다. 두 걸음만 더 가면 돼."

"겁나게 먼 두 걸음이구만."

준비는 끝났다.

[파티가 해제 되었습니다.]

파티를 해제하자 성일이 응? 하듯이 눈썹을 올려 보았다.

"육성은 진즉에 끝났다. 앞으로의 성장은 네가 하기에 달렸지."

"그래야지. 근디 얘기했던가? 죽을 때까지 갚고 살겠다고. 고맙다는 말로는 다 못 혀."

성일이 콧등을 쓱쓱 문지르며 희미하게 웃었다.

"파티는 해제했지만, 행동은 같이한다."

"알다마다. 이제 개평은 없다는 것인디, 그래도 자신 있으."

"가자."

결계로 들어가는 길, 그러니까 도시 후방에도 비석이 큼지막하게 놓여 있었다. 비석과 거리가 좁혀지자 정보 창이 자연스럽게 떠올랐다.

[도시: 출입 금지   방어 레벨: 1
관할: 레볼루치온(12) 거주민: 2명
시장: 권성일]

「 오딘의 이름으로 출입을 금한다 」

좀 더 나아가 결계가 시작되는 부분에 이르렀을 때에도 비슷한 크기의 비석이 우리를 기다리고 있었다.

「 결계(1층 8구역)의 시작점 」

"해가 지기 전까진 끝내야 한다. 중간에 멈추는 일은 없을 테니까 알아서 잘 따라와."

"따로 알아야 할 건 없으?"

"보이는 대로 다 쓸어버려."

"그야 내 전문이지."

*　　　*　　　*

그때 태한은 퀘스트 두 개만 마무리 짓고 도시로 돌아가는 중이었다.

다른 공격대들이 벌이고 있는 전투 소리가 수풀을 뚫고 사방에서 들려오지만, 더는 전투를 지속할 상황도 아니었고 그럴 여유도 없었다.

바클란 군단이라는 새로운 몬스터 종족은 그리스 신화속 인신우두(人身牛頭)괴물, 미노타우로스와 꼭 닮은 족속들이었다.

제일 등급 낮은 놈들마저도 괴력과 뛰어난 재생력을 갖추고 있어서 2막의 난이도가 어떨지는 벌써부터 감이 잡혔다.

그리스 신화 속에서는 그나마 미궁 속에 괴물 하나뿐이었다.

하지만 여기에선 숲 전체를 미궁으로 삼고 수만 마리의 괴물들이 우글거리고 있는 것이었다. 일곱 겹의 결계 중 제일 바깥의 결계 하나 안에서만.

"서둘러라."

대략적인 감은 잡았으니 최대한 빨리 도시로 돌아가야 했다.

공격대들이 퀘스트를 완수하며 벌어들이는 점수들로 방어 시설을 구축해 둬야만, 해가 진 이후에 있다는 나이트 습격에 대비할 수 있다.

[길드: 소속 없음이 결계(1층 8구역)에 도전 하고 있습니다.]

'시작하셨군.'

8구역이라면 오딘 쪽이었다.

태한 또한 도시(8)의 이름이 베이징에서 레볼루치온 이 주신으로 또 거기에서 출입 금지로 바뀌며, 오딘의 심복이 시장으로 지정되었다는 메시지를 받은 바 있었다.

태한은 구태여 사람을 보내지 않았어도, 그 도시에서 일어났을 일이 눈에 선했다.

오딘이 심복 권성일과 함께 단둘이서만 도시 하나를 차지하고 있다.

자세한 사정을 모르는 누군가는 오딘을 손가락질할지 모를 일이다만 길드 전체의 입장에서는 몇 번이나 감사를 전해도 부족할 일이 맞았다.

도시 출입 금지와 그쪽의 결계들을 오딘과 그의 심복 단둘이서만 맡고 있는 만큼, 다른 도시 쪽으로 더 많은 병력들을 분산시킬 수 있기 때문이다.

도시의 정령들에게서 추합한 정보는 그랬다.

결계 한 층을 파괴시키기 위해선 8개 도시의 공동 작업이 필수였다.

결계(1층 1구역)부터 결계(1층 8구역)까지 모두 파괴해야만!

1층 결계 전체가 완전히 소멸되는 구조다. 그렇게 7층 결계까지 계속.

문제는 과연 오딘이 심복과 단둘이서만 나이트 습격을 막아 내고 8구역 쪽의 결계를 부숴 나갈 수 있냐는 것인데.

만일 실패해서 도시가 파괴되는 일이 벌어지기라도 한다

면……

　[도시가 파괴 되어도 빛기둥의 위험도가 상승한답
니다.]

　"상승하면?"

　[네 단계에 걸쳐서 각성자 여러분들을 무력화시킬
거예요.]

　"어떤 식으로?"

　[그야 겪어 보시면 알 테죠. 우후훗.]

　하지만 선택지는 없었다.
　오딘은 모두에게 지시를 내리는 상관이지 지시를 받는
부하가 아니었다.
　처음 레볼루치온의 진영으로 들어왔을 때 경악했던 점은
거기에도 있었다.
　전일 클럽이 키운 인류의 전략 병기인 줄로만 알았는데.
　그랬는데.

카르얀 그룹의 총수이자 세계 각성자 협회의 리더인 조슈아 폰 카르얀에 비해 결코 아래 계급의 인사가 아니었다.

은연히 엔젤라를 떠봤을 때, 그런 강력한 확신을 받았다.

한국인 중에 조슈아 폰 카르얀과 어깨를 나란히 하는 인사가 있다니. 조슈아 폰 카르얀은 전일 클럽의 중추로 추정되는 인물 아닌가.

전일 클럽은 이름만 바뀌었을 뿐 빌더버그 클럽의 후신(後身). 세계 경제를 막후에서 조종하는 그림자 정부임이 틀림없다.

그러니 더 말이 안 되는 것이다.

오딘은 알면 알수록 설명되지 않는 것들로만 그득했다.

오딘의 아버지 성함과 전일 그룹, 전일 클럽 등의 이름이 동일한 것도 어쩐지 우연 같지가 않고.

태한은 오딘을 생각할 때마다 깊은 미궁에 빠지는 기분이었다. 그나마 사방에서 들려오는 전투 소리 때문에 지금은 평소보단 덜했다.

태한과 그의 공격대가 도시로 돌아왔다. 할 일이 많았다.

나머지 도시들을 안정적으로 거둬들였다는 보고들이 속속 들어오는 가운데, 나이트 습격의 발원지라는 경계 면 쪽으로 보낸 공격대도 정찰을 마치고 돌아왔다.

"막혔습니다. 물리적으로는 진입할 방법이 없었습니다."

"1막 1장과는 다르게 진행되는군."

"그렇습니다."

"다른 이상 징후는 없나?"

"어둠으로만 막혀 있어 육안으로 식별할 수 있는 것 또한 없었습니다."

도시 후방에는 빛기둥을 둘러싼 결계가, 전방에는 안전 지대를 벗어나 경계 면으로 막혀 있다.

나이트 습격이라는 것이 얼마나 많은 물량과 화력으로 부딪쳐 오는지를 사전에 파악할 수 있다면 피해를 줄일 수 있을 것이다.

그러나 나이트 습격 퀘스트를 보고 추정할 수밖에 없는 게 현실.

게다가 태한은 '여왕님, 여왕님' 퀘스트가 계속 신경 쓰였다. 제일 마지막에 띄운 퀘스트의 난이도가 상당하다는 것쯤은 학습되어 있었다.

여왕 추종자 200마리 처치.

거주민 누구라도 동일한 퀘스트를 받을 수 있는 걸 보면 200은 최소치에 불과할 것이다.

'수천, 수만까지도 염두에 둬야 하는 것인데…… 몬스터 등급과 방어 시설에 따라 결정 나겠어. 외벽이 필수인가.'

[외벽 (구조물)

도시를 둘러싼 외벽이 생성 됩니다.

* 일반 정문과 후문이 생성 됩니다.

필요 점수: 100]

[도시: 승리 군단의 홍(紅) 공격대가 퀘스트 '우직한
전사들'을 완료하여 1점을 획득 하였습니다.]

[누적 점수: 68]

"결계로 전해. 사냥 퀘스트부터 마무리 짓도록."

"옛."

태한은 기다리기 시작했다.

황혼이라는 것을 실로 오랜만에 감상할 수 있을 때였다.

엔젤라와 군나르손이 시장으로 있는 도시들에서 외벽이
건설되었다는 메시지가 뜨던 무렵, 태한의 도시에도 필요
한 점수가 쌓였다.

[도시: 일성 군단의 우찬성 공격대가 퀘스트 '우직한
전사들'을 완료하여 1점을 획득 하였습니다.]

[누적 점수: 100]

태한은 8개의 도시 중 3번째로 외벽을 건설한 다음 별동대를 조직했다.

해가 완전히 져 버릴 때까지 외벽을 건설하지 못한 도시 쪽에 병력을 충원시키기로 사전에 이야기가 끝난 상황.

태한은 지평선 너머로 점점 자취를 감추는 태양이 모래시계처럼 보였다.

하나둘 외벽들이 완성되고 있었다. 아슬하게 7개 도시에 외벽들이 완성되었을 때는 자욱한 어둠이 내려앉기 시작한 때였다.

외벽이 완성되지 않은 곳은 오로지 한 곳, 오딘의 도시였다.

"길드장님. 출입 금지…… 도시로 병력을 보냅니까?"

태한이 오딘의 도시에 관해서는 앞으로 보고할 것이 없다고 지시하려던 순간.

[길드: 소속 없음이 결계(1층 8구역)을 파괴 하였습니다.]

태한과 그의 심복은 놀란 눈빛을 주고받았다.

"정말…… 끝내 버리셨군. 대단해. 다시 한번 단단히 일러라. 도시 출입 금지는 출입 금지라는 것을. 무단으로 진입하는 자는……."

태한은 한 손으로 제 목을 긋는 시늉을 했다.

쓰윽.

*   *   *

　[퀘스트 '군단의 힘'을 완료 하였습니다.]

　[레벨업 하였습니다.]

　[레벨: 484]

　[스탯(5)을 분배 해 주십시오.]

　[둠 맨의 탄생(1) : 484 레벨 / 561 레벨]

레벨 업 할 때마다 둠 맨의 탄생이라는 메시지를 봐야만 한다.

차악이 될지 최악이 될지는 모르겠다만, 이 퀘스트에 목적을 두는 걸 진지하게 고민해야 하는 날이 오지 않기를 바랄 뿐.

퀘스트들을 완료하고 나서도 결계 안의 몬스터들을 쓸어나갔다.

아직은 1층 결계 안일 뿐인지라 위험 요소라고는 몬스터의 물량이 다였고, 그마저도 내게는 통하지 않는 것이다.

다 끝내고 나서 계산해 보니 내가 획득한 경험치는 대략 137만, 성일은 3만이었다.

[레벨: 484 경험치: 1072450 / 4242555]
[레벨: 353 경험치: 23200 / 60312]

바클란 본토에서처럼 파티원들에게 배분되는 것 없이 각자의 것을 취한 결과다.

본시 결계(1층 8구역) 안에서 획득할 수 있는 140만 경험치는 다른 각성자들과 나누게끔 설계된 것이지만 상관없었다.

도시 출입 금지는 나의 권역.

여기에서 파생되는 경험치만큼은 나를 위해 투입되어야 한다.

어쨌든 결계 1층 구역에 해당하는 경험치를 다 쓸어 버린 이후라 결계 안에 다시 들어갈 일이 없었다.

이제부터는 노가다와 같다.

잘 먹고 잘 쉬고 있다가 밤이 되면, 몰려오는 경험치들을 주워 담으면 되는 것이다.

매일 밤마다 성일의 말마따나 곱창 파티를 여는 것이지.

다른 도시들이 결계를 늦게 뚫으면 뚫을수록 파티가 길어진다.

그들에게는 죽을 맛이겠지만 불평해선 안 될 것이다.

본 시대에 비하면 낙원이나 다름없는 환경이니까.

당시의 첫날엔 외벽도 건설 못 한 도시들이 허다했었다.

주둔군의 화력은 같지만 각성자들의 생존 수와 성장도가 월등히 다르다는 것이다.

누구 덕분에?

누구 덕분에.

Chapter 4.

다섯 번째 나이트 습격이 지나간 아침이었다.

[레벨: 484 경험치: 3731450 / 4242555]
[레벨: 355 경험치: 2100 / 60654]

바클란 군단의 다양한 군종과 물량들이 밀려와도 경험치 덩어리에 지나지 않았다.

성일은 몬스터 시체들을 거리 한쪽으로 치워 대고 있었다. 그 모습이 불도저와 같았다.

이번에는 부상을 피할 수 없었던 성일이었으나, 나이 먹고 엄살 피우는 것만큼이나 꼴사나운 게 없다는 것이 그의 지론이었다.

그러나 대수롭지 않다는 말과는 달리 그의 등짝은 쩍쩍 갈라져 있다. 피부 속을 고스란히 드러내고 있는 상태다.

하긴 1층 결계 안보다는 나이트 습격의 난이도가 더하다.

3층 결계부터 전세가 뒤바뀌지만, 그날까지는 아직 요원했다.

어쨌든 늦춰지면 늦춰질수록 내게는 이득이다. 빛기둥의 위험도만 조절한다면야.

성일이 내 등 뒤에 대고 외쳤다.

"어디 가?"

"식량."

"잠깐! 잠깐!"

황급히 시청 건물 안에 들어갔다 나온 그의 손에는 큼지막한 자루가 들려 있었다.

"값나가는 것들로만 담았으."

성일이 자루를 열어 보이며 말했다.

[바클란 가죽 자루 (아이템)

권성일이 심혈을 기울여 제작한 자루입니다. 고등급
의 마석과 241레벨 이상의 아이템들이 가득 담겨져 있
는 것 같습니다.]

말이 통한다면 쓸데없는 정보를 띄우는 데 힘을 낭비하
지 말라 하고 싶건만, 시스템에게도 이렇게 구는 이유가 있
을 것이다.

어쨌든 성일은 엊그제 우리 도시를 지나쳤던 공격대와
그들에게 딸려 있던 수레를 보고 눈치챈 게 있었던 것이다.

"쐬주…… 없겠지?"

"찾아보지."

우리 인류가 어떤 종족인데?

이계의 곡물들을 발견하고도 그냥 지나칠 리가 없다.

본 시대에서도 이 무렵 즈음부터 음식물이 다양해지기
시작했었다.

블루 존에는 단순히 곡물이 자라고 있는 것으로 그치는
게 아니라 그것들을 의도적으로 배양했던 흔적들이 잔존해
있었다.

개중에서 생명력이 강한 곡물들이 자생하고 있는 것이었
다.

추정컨대 이 무대는 한 문명이 머물렀던 곳이다.

뭉족일까.

아니면 뭉족과 같은 전철을 밟았을 다른 문명의 옛 종족
일까.

*   *   *

[도시: 칠   방어 레벨: 2
관할: 레볼루치온(12) 거주민: 9112명
시장: 이왕수]

이 도시는 지난밤의 나이트 습격이 동이 틀 때까지 계속
됐던 것 같았다.

몬스터 시체와 전사자들의 시체가 아직 구분되지 않았으
며 피로 젖은 대지는 바클란 군단의 큰 발자국들이 움푹움
푹 패여 있었다.

혼자서 걸어오는 내게 몇몇의 시선이 미쳤다. 후드 속에
얼굴이 파묻힌 나를 유심히 바라보던 것도 잠시, 그들은 시
체를 수습하고 마석을 떼는 등의 작업에 다시 주력하기 시
작했다.

이태한은 마석 경제를 해치지 말라는 지시를 잘 이행하
고 있었다.

삶의 근본이자 활력이 창조되는 통로가 막혀 버린다면 우리는 칠마제 군단과 하등 다를 바 없게 되는 것이었다. 성장 또한 느려지고.

이번 무대에 진입된 지 6일째다. 혼선은 어느 정도 정리된 듯 보였다.

도시 안은 새로운 아침을 맞이하여 분주했다.

바깥이라면 상가로 이용됐을 창 안으로 공격대들의 회합 광경이 보였고, 어떤 건물은 실제로 상가로 이용되고 있었다.

규모가 가장 큰 상가를 찾는 일은 그리 어려운 게 아니었다.

상가들은 몰려 있기 마련이다. 빵 굽는 냄새가 거리의 분위기를 장악하고 있었다. 급조된 화덕의 연기가 열린 문틈 사이로 새어 나오며, 그러한 곳들에서는 시시껄렁한 웃음소리도 함께 들린다.

"한국? 차이나? 덴마크?"

쭉 훑어봤을 때 상권을 주도하고 있는 자들은 우리나라 국적의 각성자들로, 1막에서 이미 마석 경제에 익숙해진 자들이다.

내게 그렇게 묻는 상가 주인 녀석도 우리나라 사람이었다.

"한국."

대답과 함께 자루를 열어 보였다. 그가 놀라서 되물었다.

후드 속의 내 얼굴을 확인하려 하지만, 그가 볼 수 있는 건 내 하관 정도에 그칠 것이다.

"나쁜 물건 아니지? ……우리 도시 거주민이야?"

"아니."

"그럼?"

"왜. 출입 금지에서 왔을까 봐?"

넙데데한 얼굴에 역시나 넓적한 코를 가진 녀석이 순간 놀란 얼굴을 길쭉이 만들어 보이면서, 콧구멍까지 11자로 쭉 펴졌다.

"장난이 과하네. 그러다 언제 한번 큰일 나고 말지."

다른 도시의 거주민들에게 내가 머물고 있는 도시는 입에 담지 말아야 할 곳이 되어 있었다.

"안 받을 거야?"

"……다 받아 주기엔 너무 많아. 이거만 확실히 하자. 치안대 안 불러도 될 물건 맞지?"

"거기에 대고 누가 아니라고 하겠어."

"너무 많잖아. 이 정도 취급할 수 있는 사람들은 뻔한데, 넌 아니야."

"말장난 말고."

"뭘 찾는데?"

"이전 물건들 중에서 쓸 만한 것들. 먹고 마시고 입을 것들이라고 하면 알겠나?"

"그렇다면 말이 달라지긴 하는데…… 그걸로 괜찮겠어? 320레벨짜리 무기가 들어온 게 있어. 그 정도는 끼워 넣어야 어느 정도 맞춰 줄 수 있을 것 같단 말이지."

"됐고. 술도 찾고 있다. 여긴 없는 것 같고, 어딜 가면 찾을 수 있지?"

거기는 우리나라 국적의 각성자로 북적거렸다. 담배 연기는 없지만 마치 있는 것처럼 공기가 탁하고 시끄러웠다.

블루 존에서 구할 수 있는 어류들이 구워져서 나오고 있었으며, 개중에 장비가 좋은 집단들의 테이블에는 빵과 곡주가 올려져 있었다.

그리고 그 테이블을 흘깃흘깃 바라보는 시선들은 선망으로 가득했다.

좌측 구석.

"거기 지척에 널린 게 순 마석이라더군. 발에 차이고 차인다네."

"큰일 날 소릴."

"말이 그렇다는 거야."

"그리고?"

"방어 시설이 전혀 없대. 도시가 널찍하게 터져 있어서 시체가 산처럼 쌓여 있는데, 그렇게 만들어진 시체 산이 얼마나 많은지 건물들에 피를 칠해 놓은 줄 알았다는 거야."

"구라 치지 말라곤 못 하겠네. 그분의……."

"그래. 그분의……."

우측 중앙

"방어조 치우고 몇이나 남았어?"

"마흔둘입니다."

"부족해. 오늘 내로 할당 점수 못 채우면 우리 다 나가리야."

"그래서 실버 구간 쪽까지도 영입을 넓혔습니다. 아시잖습니까. 그쪽 녀석들이 한번 맛들이면 눈깔 뒤집힙니다."

"브론즈 구간으로도 넓혀."

"심해 새끼들은…… 좀 무리지 않습니까?"

"실버나 브론즈나 씨발. 오전까지 마쳐. 적어도 오후에는 출정해야 늦지 않는다."

그 외에도 온갖 대화 소리가 한꺼번에 밀려왔다.

그러던 갑자기.

대화 소리가 순간에 사그라지며 내 쪽을 쳐다보기 시작했다. 정확히는 내 뒤에 잇따라서 들어온 한 무리를 향해서였다.

도시의 권력을 쥔 무리가 틀림없었다. 이태한의 심복 휘하에 있는 공대원들.

그들은 다 지워 내지 못한 피비린내를 풍기며, 알아서 일어나는 자리들을 차지해 나갔다.

몇 번이나 사선을 넘고 온 듯했다. 창백하게 얽은 얼굴에 아직도 이글거리는 눈이 있는가 하면 비명을 질러 대는 듯한 처절한 눈도 있었다.

그들의 등장으로 와자지껄하던 실내의 분위기가 전장처럼 변했다.

그것도 점점 패배로 치닫고 있는 전장으로.

그들이 하는 이야기를 가만히 들어 보니 지난밤의 나이트 습격 때, 그들은 별동대처럼 결계 퀘스트를 진행하고 있었던 것 같았다.

방어를 확신한다면 괜찮은 전략이다. 당장의 나이트 습격만 대비치 않고, 그 다음의 습격과 결계를 동시에 도모할 수 있는 방법이니까.

"아무거나 가져와."

그들은 소리를 지르지 않았다.

신음을 흘리듯 작은 목소리로 주문을 끝내고 대화도 없었다.

넌 뭔데 안 꺼져?

시비를 걸지 못해, 그런 환장한 시선으로 날 쳐다보기만 할 뿐이었다.

"브론즈 똥내 나는 새끼다."

녀석들의 리더로 보이는 자의 목소리가 무겁게 깔렸다.

상대할 가치도 없는 녀석이니까 건들지 말라는 뜻이 분명했다.

그들이 내뱉은 말은 정말 그게 끝이었다.

불편한 침묵.

녀석들 외에는 모두가 빠져나가고 있을 때, 나는 성일을 위한 곡주 값을 치른 다음에야 그곳을 빠져나왔다.

거리는 녀석들이 주점 안에 만들어 낸 분위기와는 확연하게 달랐다.

다양한 인종과 성별 그리고 표정들을 지나쳐 갔다.

그래서 내 감상은?

최고다.

이보다 최고일 수는 없었다.

염원했던 이미지가 그 도시 안에 고스란히 품어져 있었다.

시계 속 크고 작은 톱니들이 맞물려 굴러가듯, 도시는 병사로서만이 아니라 오늘을 살아가는 한 인간의 삶 또한 맞물려 있는 것이다.

＊　　　＊　　　＊

여섯 번째 나이트 습격에서는 아슬아슬하게 걸쳐졌었다. 일곱 번째 나이트 습격이 지나간 다음에야 레벨이 한 계단 상승했다.

485레벨.

약 일만 명의 각성자들에게 분배되어야 하는 경험치들이 매일 밤마다 쏟아진다.

시작의 장이 튜토리얼이라면, 각성자들의 성장에만 목적이 있다면.

이런 식으로 진행되어져야 하는 거다. 반복되는 전투로 육체에 심어지는 기억을 극대화시키고 꾸준한 성장을 보장해야 하는 거다.

전투가 그친 후에는 충분한 휴식과 음식들을 내놓는 등으로 말이다.

도시 하나를 홀로 차지하고 앉은 지 8일째.

[길드: 일성 군단의 이태한 공격대가 결계(1층 3구
역)을 파괴 하였습니다.]

예상 외로 이태한이 엔젤라와 군나르손보다 먼저 도달했
다.

그날이었다.

평상시와 다름없이 나는 느긋한 식사를, 성일은 긴장된
식사를 함께하고 있었다.

해가 지고 어둑어둑해진 후부터는 습격이 언제 있을지
오로지 놈들의 마음이었다. 초저녁부터 쳐들어올 때도 있
고 자정을 훌쩍 넘긴 후에야 시작될 때도 있어서 성일은 평
소 그게 불만이었다.

"뭐여. 겁대가리를 상실한 거여?"

성일이 구운 고기를 대가리까지 씹으며 자리에서 일어났
다.

외벽이 세워졌다면 정문이 위치했을 지점.

기웃거리는 녀석이 있었다.

성일이 성큼성큼 향하고 있기 때문에 관심을 껐다.

그런데 잠시 후.

돌아온 성일이 이상한 얘기를 했다.

"널 찾아왔다는디…… 한번 만나 보는 게 좋겠어."

"돌려보내."

"네 이름을 알고 있어. 오딘 말고 있잖어. 진짜 이름……."

뭐?

고개가 번쩍 들려졌다.

자연히 확장된 감각은 희미하니 먼 지점을 선명하게 만들었다. 그러며 온 세상이 내게로 쏟아지는 듯한 속도감과 함께 녀석의 얼굴이 큼지막하게 빨려 들어왔다.

제일 집중돼서 보이는 건 녀석의 눈 밑에 난 점일 수밖에 없었다.

단발머리로 쳤지만, 달걀형의 가느스름한 얼굴 곡선 또한 마지막 모습 그대로였다.

나와 같은 무대에서 시작하고 있었다. 1막의 북방에서 시작했던 것일까.

2막에 와서야 만나게 되었지만 언제 어디서 만나고는 중요치 않다. 살아 있는 모습으로 만난 게 어디란 말인가. 나를 특정해서 찾을 수 있었던 까닭은 둘째고.

그쪽에서도 나를 향해 걸어오기 시작했다. 우리는 중간에서 만났다.

"진짜 너였어…… 네가…… 네가…… 네가……."

그쪽은 혼란스러운 감정 때문에 말이 부서져 나오고 있었다.

"반가워. 누나."

*　　　*　　　*

오딘이라는 이름은 공포의 대명사였다.

소문의 진원은 남방이었으나 막상 남방 출신의 사람들은 오딘에 대해 언급하기를 몹시 두려워했었다.

한국 사회에서도 그런 존재가 있었다.

소문이 장황하고 실제로 존재하지만, 감히 언급되어서는 안 되는 자.

그런 금단의 영역에서 머무는 그 노인은 재통령이라 불렸다.

재통령의 권력은 절대적이었다.

국회의원 이름 하나 정도는 동네 강아지처럼 불렀던 대검 중수부 내에서도, 재통령 박충식의 실명이 직접 거론되는 일은 거의 전무했다.

지방검찰청 선에서 해결할 수 없는 부패 사건들을 처리하기 위해 대검 중수부가 존재하지만, 막상 굵직한 사건들은 유야무야(有耶無耶)로 정리되는 게 다반사였다.

말했던 바 어떤 사건에서도 재통령을 다뤄선 안 되기 때문이었다.

좀 더 자세히 말하자면 중수부는 재통령과 전일 그룹의 친위대적인 성격을 띠었다.

비단 중수부만 그랬을까.

공공의 안녕과 안전을 유지하기 위해 존재하는 공안부 또한 그러해서, 세간에서는 전일 그룹의 안전을 유지하기 위해 존재한다는 뜻으로 '전안부'라 불리며 비판받기 일쑤였다.

하지만 공안부 소속의 권력 검사들 또한 어떻게든 전일 그룹의 순수한 혈통들과 연관되어 있었기 때문에 자신들이 전안부라고 불리는 걸 개의치 않았다.

중수부 역시 전일 그룹과 재통령에 반하는 세력들을 기획 수사한다고 해서 동일한 비판을 피하지 못했는데, 지애도 그들의 일원이었다.

07년도에 서울 지검에서 임관.

08년도에 공안부로 영전(榮轉).

10년도에 파격적인 승진과 함께 중수부로 이동.

15년도부터는 재통령의 아들이자 중수부장직을 지냈던 박우철 계파로 합류해, 일시적으로 폐지되었던 중수부를 부활시키는 데 일조.

16년도에 박우철이 검찰 조직상의 최고 지위에 오른 것을 계기로 중앙수사1과장에 임관.

성별을 떠나 실로 대단한 속도로 엘리트 코스를 관통해 왔던 그녀였다.

지애는 언제나 그것이 의문이었다.

검찰 내부의 인사 단행은 능력과는 별개라서 재통령과 전일 그룹을 한국 사회의 종양 덩어리로 보는 자들, 예컨대 그들 같이 정의감에 불타는 자들은 능력이 걸출해도 지방만 전전하다가 법복을 벗는 게 흔했다.

요직과 권력이 깃든 지위는 언제나 전일 그룹 순혈들의 차지였다.

그중에서도 재통령과 직접적으로 연관된 자들은 성공 가도를 달렸다. 재통령이 내려 준 검찰 권력으로 재통령과 전일 그룹의 방패막이 되어 줘야 했다.

얼마나 견고한 방패막이 되어 주냐에 따라, 그것이 곧 능력으로 평가받는 세상이었다.

검찰 지도층에서 요구하는 능력은 엄연히 달랐던 것이다.

지애는 그 점에서는 크게 뒤떨어지지 않았다.

하지만 그녀가 생각해도 이상하리만큼 빠른 승진과 쥐어지는 힘들은 순혈 중에서도 성골(聖骨)이라 일컬어지는 재통령의 혈연들에게나 부여되는 것이었다. 박우철 검찰총장처럼 말이다.

이모부가 전일 그룹의 순혈이라고 해도 납득이 되지 않는 일!

그뿐만이 아니었다.

시작의 날 1년 전, 전 정권이 탄핵 정국으로 돌변했던 시기에 청와대와 재통령의 유착을 지우는 작전 또한 자신이 지휘했었다.

물론 검찰총장 박우철의 지시하에서였지만 검찰총장의 동생, 처남들과 함께하며 그들의 가족이나 된 듯한 인상을 받을 수밖에 없었다.

그때까지만 해도 재통령이 자신을 며느릿감으로 생각하고 있다 여겼었다.

그런데 그것도 말이 안 되는 게, 재통령의 며느리들은 하나 같이 재벌 가문의 여식들이었다. 이쪽 세계에서는 '순하다'고 평가받는 여식들, 즉 바깥일에 관심 없는 여자들 말이다.

그런 여자들은 자신과는 너무나 동떨어진 세계의 여자들이었다. 나이도 어린.

그러니 재통령이나 검찰총장이 불러다가 직접 말해 주지 않는 이상은, 그들이 자신을 혈연처럼 대하는 바는 영원히 풀리지 않을 미스터리로 생각됐었다.

하지만!

이제 조금 실마리가 잡히는 것 같았다.

오딘이……

선후라면.

＊　　　＊　　　＊

"고맙다는 말부터 할게. 덕분에 여기까지 올 수 있었어. 무엇으로 갚아야 할지 모르겠지만."

누나는 반지를 의식하며 말했다.

A급 반지, 누나에게 지급했던 생존백 안에 집어넣었던 물건이다.

"다시 보게 된 걸로 됐어."

우리는 자리를 옮겼다.

몬스터 시체뿐인 광경 대신 그나마 멀쩡한 건물 안이었다.

누나의 시선은 퇴로가 될 수 있는 부분부터 빠르게 훑고 있었다. 나이트 습격까지는 아직 멀었음에도 버릇처럼 박혀 버린 반응으로 보였다.

"상태 창, 볼까 하는데."

"괜찮아."

누나가 대답했다.

[대상을 완벽하게 간파 했습니다. (스킬, 개안)]

[이름: 김지애　　　레벨: 242(플래티넘)

길드: 레볼루치온(12)

군단: 후앙첸　　　공격대: 라우용

체력: 300　　　　근력: 310 (+10)

민첩: 320(+20)　　감각: 310

경험치: 1934 / 10618

공격력: 62

물리 방어력: 9000 / 9000

마법 방어력: 5000 / 5000

특성(2) 스킬(4) 인장(2) 아이템(8)]

……

[헤르메스의 반지 (아이템)

아이템 등급: A

아이템 레벨: 431

효과: 민첩 +20　근력 +10

사용 시, 민첩 수치를 100 증가

물리 방어력 : 7000 / 7000

마법 방어력: 3000 / 3000

지속 시간: 1시간

재사용 시간: 7일]

A급 아이템을 가지고 시작한 것치고는 성장 속도가 느렸다.

"그래서 감상이?"

"어떨 것 같아?"

"좋진 않을 거야."

"어떻게 지내 왔어?"

"1막 2장까지는 반지 덕을 톡톡히 봤지. 하지만 1막 최종장에 돌입하면서 사정이 달라졌어. 내 그룹을 버려야 했거든."

"왜?"

"일성의 이름을 쓰는 길드에 대한 소문이 하루가 다르게 들어오던 날들이었어. 구(舊) 천공 길드에서 온 상인들이 하는 말도 소문과 크게 다르지 않았지. 그때는 일성 길드가 북방 전역을 장악하는 건 시간문제로 보였어. 실제로 그렇게 됐잖아."

누나의 얘기가 계속됐다.

"일성 그룹의 사명을 길드명에까지 붙일 사람이라면 틀

림없이 일성 그룹의 고위 관계자일 거라고 생각했지. 나, 일성 그룹과는 좋은 사이가 아니었어. 내가 중수부에 있었던 거 알고 있어?"

"물론."

"거기 있다 보면 적이 많이 생겨."

알고 있다.

누나뿐만이 아니다. 검찰 고위직들이 재통령과 전일 그룹의 충견을 자처하다 보면 물어뜯어야 할 대상들이 많았다.

"국내 재벌들. 특히 일성 그룹은 자칭 글로벌 기업이라고 내세우지만, 국내의 기득권에 안주한 것들이잖아. 선후라면 알 거야. 뒤로는 전일 게이트를 키우는 시위 집단에게 돈을 찔러 넣고 앞으로는 재통령에게 웃음을 팔며. 어떻게 하면 전일 그룹의 영향력 안에서 벗어날 수 있을까 대가리만 굴리는 게 바로 그들이잖아."

해서 중수부의 핵심 업무 중 하나는 속칭 '재벌 길들이기'였다.

일성 가의 노쇠한 창립자도, 전임 총수였던 여 회장도 모두 탄핵 정국의 포화 속에 던져졌었다.

그리고 그 중심에는 대검 중수부, 즉 누나가 있었다는 소리다.

누나는 일성 길드에서 자신을 발견하면 가만히 두고 볼 리가 없다고 판단했던 것 같다.

"피해 다녔어. 계속. 신분도 바꾸고 이름도 바꾸고 지내 왔어. 최대한 길드 지도층의 눈에 띄지 않는 쪽으로…… 2막이 시작된 이후부터는 중국 각성자들 틈에서 지내 왔었어. 그들은 나 같은 사람들에게 관대하거든."

"그런데 나는 어떻게 찾았어?"

"한 동생을 만났어. 동류는 동류를 알아보게 되잖니. 우리는 서로를 알아봤지. 서로가 도망자 신분인 걸 말이야. 이야기할수록 서로 켕기는 구석이 빤히 보였던 거지."

누나가 마저 말했다.

"선후야. 지훈이라고 알아? 네 동창생이라고 하던데."

감각을 보다 확장시키자 어김없이 그랬다.

멀리.

기적 하나가 잡혔다.

*　　　*　　　*

'제발…… 제발 잘돼야 할 텐데.'

지훈은 애가 탔다.

정말 잘나갔던 각성자 인생은 둘째 치고, 이젠 발붙일 데가 없게 되었다.

그 녀석을 건드려서 하나도 좋을 게 없을 거라고 그렇게 누누이 말했건만, 바깥에서도 잘나갔던 구(舊) 천공 길드의 십대 공대장들은 귓등으로도 듣질 않았다.

그래서 결과가 어땠는가?

거기까지는 그렇다 치자.

그런데 일성 그룹 회장 이태한은 자신에게 그러면 안 됐다.

절대 녀석에게 대적해서는 안 된다고 자신이 신신당부한 덕분에 아마도 얌전하게 굴었을 것이고, 그래서 목숨을 보전하며 천공 길드까지 통째로 넘겨받았다.

하지만 이태한은 숨은 공로에 대한 보답은커녕 칼날만 보내왔었다.

녀석의 뒷조사를 하다가 뭐에 그리 겁을 먹었는지, 관계된 자들을 전부 제거해 버렸다.

개새끼.

이태한은 개새끼였다. 그것도 힘이 아주 강력한 개새끼.

문제는 이태한의 눈에 띄는 것도 죽음이고 오딘의 눈에 띄는 것도 죽음이란 것이었다.

그나마 1막 마지막 무렵부터는 중국인 각성자들이 합류하면서, 말이 통하지 않지만 어떻게든 그들 틈바구니 속에서 살아갈 수는 있었다.

그래도 시간문제.

언젠가는 이태한이나 오딘에게 발각될 수밖에 없는 게 현실이었다.

그러다 중국인 그룹 안에서 그 누님을 만났다.

예쁜 미시 누님이었는데, 더 잘빠진 건 그녀의 뇌였었는지 중국인들 속에서 처신이 영악했었다. 그때까지만 해도 자신의 생명 줄이 될 줄은 꿈에도 몰랐었다.

서로 정보를 교환해 나가던 중에 점점 퍼즐이 맞춰졌다.

바깥에서 대검 중수부가 얼마큼의 파워를 가지고 어떤 힘에 의해 운영되는지 따위는, 지금껏 스쳐 지나간 엘리트 출신의 각성자들로부터 들은 바가 있었다.

해서 물은 것이었다.

모교의 교사가 제거되기 전에 알게 된 사실 하나를.

"어쩌면 아실지 모르겠네요. 나전일이라고, 전일 은행장을 하셨던 분이 있습니다. 누님."

"알지…… 그분은 갑자기 왜?"

"잘 아세요? 어느 정도나요?"

"그러니까 왜."

"그분과 친분이 깊다면 말입니다. 우리! 살아날 수 있습니다!"

"계속 말해 봐."

"이건 누님만 아셔야 합니다. 반드시 누님만."

"달리 말할 데도 없는 처지 아니니, 우리 둘 다."

"그렇긴 해도. 이것만 확답해 주시죠. 그분과 친분이 깊다는 걸 증명할 수 있습니까?"

"너에게?"

"꼭 제게 할 필요는 없습니다. 누님이 오딘의 앞에서만 증명할 수 있다면야."

"은행장님과 오딘의 친분이 깊다?"

"그냥 깊은 정도가 아닙니다. 오딘은…… 은행장님의 아들입니다."

"사, 사실이야? 어떻게 알게 됐어?"

"오딘과 같은 중학교를 나왔습니다. 누님. 오딘께 가시면 제 이야기 좀 해 주시면 안 되겠습니까. 제 목숨, 누님 목숨. 모두 누님 한 마디에 달렸습니다."

그러니까 높은 검사 누님의 말이 사실이어야만 한다. 오딘 아버지와의 친분을 증명할 수 있다는 바 말이다.

그렇지 않고서는 뎅강!

누님의 목이 잘려 나가는 것은 물론이고 자신의 유일한 탈출구도 잘려 나가 버리는 것이다.

그렇게 지훈은 애타는 심정으로 도시를 바라보며 지애를 기다리던 중이었다.

바로 그때.

지훈의 등 뒤에서 서늘한 목소리 하나가 부딪쳐 왔다.

쏴아아악—

"여태껏 살아 있었군."

절대 잊지 못할 목소리.

거기엔 세상의 한구석부터 어둠이 일순간에 퍼져 나와 온 세상을 깜깜하게 물들여 버리는 것 같은 힘이 실려 있었다.

실제로 눈앞이 캄캄해질 정도로 놀라 버린 지훈은 그대로 경직되고 말았다. 그건 영혼마저 얼어붙어 버리는 공포였다.

뒤에서 눌러 오는 오싹한 시선에 굽혀져 버린 것인지, 반사 신경처럼 생존 본능이 발동해 버린 것인지.

지훈은 어느새 바닥에 엎드려 발발 떨고 있는 자신을 깨달았다.

그러니 해야 할 말은 하나였다.

"오, 오딘 님…… 살려만 주십시오."

*   *   *

녀석은 자신조차 이해할 수 없는 말을 중얼거리는 듯했다.

'살려만 주신다면'으로 시작해서 '죄송합니다'로 끝나는 말들이었다.

중국인 각성자들 사이에서 지애 누나와 함께해 왔거니와 누나를 내게 보내 준 장본인이기도 해서 목을 칠 생각은 없었다.

녀석은 나와 눈이 마주치자마자 고개를 떨어트렸다.

"살려 주지. 하나 더 말해 봐."

"……."

"바라는 거 없어?"

녀석의 얼굴에는 꿈인지 생시인지 모를 혼란이 묵직하게 서려 있었다.

흔들리는 두 눈으로 바닥만 쳐다보는데, 차차 진정세를 찾기 시작했다. 녀석의 식은땀이 방울져서 뚝 떨어졌을 때 조심스러운 목소리가 나왔다.

"본부로…… 보내 주십시오."

"이태한에게?"

지애 누나를 만나게 해 준 공로를 인정.

그래서 아이템을 원한다면 아이템을 주려 했다.

레벨 업을 바란다면 적당히 키워서 성일에게 붙여 주려 했다.

그나마 녀석의 장점을 꼽아 보자면, 바깥에서는 별반 준비되어 있지 않았음에도 불구하고 생존력과 처세술에 눈을 떠 구(舊) 천공 길드의 십대 부공대장에까지 오른 것이 하나.

말이 잘 통하지 않는 중국인 무리 속에서도 어떻게든 버티며 살아온 것까지가 둘.

단점은 더 말할 것도 없이 많지만, 성일의 곁에 붙여 주기에는 제격인 녀석이었다.

강자에게는 굴복하고 약자에게는 위에 서려는 녀석. 이런 녀석들을 길들이는 건들이는 게 그리 어려운 게 아니다.

하지만 녀석은 이태한 곁을 택했다.

현명한 선택이라고 생각된다. 예기치 못할 위험을 감수하고 내 곁에 있기보단, 차선의 권력 궤도 안에서 다시 비상을 꿈꾸는 것이니까.

"가 봐."

눈에 띄게 떨리고 있는 녀석의 뒤통수에 대고 뇌까렸다.

녀석은 아마 울고 있는 것 같았다.

*   *   *

아버지께서 전 친척 형제들을 통틀어 제일 예뻐하셨던 사람이 지애 누나였다.

내게 묻지도 않은 누나의 소식을 때때로 전하셨을 뿐더러, 누나에게는 퇴임 전까지 후원을 지속하셨다. 아마도 아버지께서는 형제가 없는 내게 지애 누나가 친누나처럼 되길 바라셨던 것 같다.

"만나고 왔어?"

"이태한을 택하더군."

누나의 얼굴이 살짝 굳어졌다.

내가 물었다.

"왜. 친했어?"

"친했다기보다는 서로 의지하던 사이였지. 중국인 각성자들 속에서 우리 둘만 한국인이었잖니. 이젠 헤어져도 상관없어. 피차 한국인들을 피해 다닐 이유는 사라진 거니까."

"누난 나와 함께 있자."

누나는 바로 대답하지 않았다.

창밖.

몬스터 시체가 산처럼 쌓인 거리와 마찬가지의 시산(屍山)을 만드는 성일의 모습을 쳐다보며 생각이 깊어지는 옆모습이었다.

"너와 권성일 씨뿐이야?"

"이젠 누나도 있지. 나이트 습격 전에 퀘스트부터 받자."

누나를 데리고 건물 밖으로 나왔을 때 성일이 손을 탁탁 털면서 다가왔다. 소개를 바라는 눈치였다.

그때도 누나는 도시 어디에나 쌓여 있는 몬스터 시체들을 둘러보며, 도시의 음산한 분위기에 적응하도록 애쓰는 기색이었다.

사방에 널린 몬스터 시체와 핏물로 물들어 버린 건물 외벽들은 첫날의 테마파크 같았던 풍경과는 판이해져 있었다.

해가 기울며 시산들의 그림자가 길게 늘어질 때면 수천 개의 팔다리가 허우적거리듯 거리를 차지하는 모양새로 변한다.

누나의 얼굴을 가린 그림자도 그중의 하나였다.

이윽고 해가 넘어가며 그림자가 어둠 속으로 뭉개졌다.

도시의 분위기는 더 괴기스럽게 바뀌었다.

이따금씩 시산이 저절로 무너질 때가 있었는데, 그럴 때마다 나는 큰 소리에는 어김없이 바람까지 스미어들어 비명 같은 소리를 자아냈다.

성일과 나는 평소와 다름없었다. 잘 먹고 잘 쉬면서 나이트 습격을 준비하고 있었다.

하지만 도시의 분위기에 압도된 누나는 어느 순간부터 말수가 줄었다.

초점이 한 부분에 꽂혀 있는 걸 보면 내가 준 장비들의 정보를 계속 확인하는 듯했다. 그러나 감탄보다는, 그런 장비들을 지급할 수밖에 없었던 까닭들을 신경 쓰고 있는 게 분명했다.

누나도 중국인 각성자들과 함께 나이트 습격을 수차례 겪은 바 있었다.

밀물처럼 쏟아져 오는 그것들의 물량이 얼마나 많은지, 그래서 나와 성일이라고 해도 누나를 처음부터 끝까지 다 챙겨 줄 수는 없다는 것쯤은 알고 있을 것이다.

2막까지 온 마당에 자잘한 설명들은 필요 없었다.

한마디만 했다.

"내 거리에서 벗어나지만 마."

*   *   *

[레벨 업 하였습니다.]
[레벨 업 하였습니다.]
[레벨 업…….]

동일한 메시지만 스무 차례.

단 두 시간 만에 20레벨이 상승해서 이젠 262레벨이었다.

다른 도시들에선 습격을 방어했기 때문에 경험치가 들어왔다면, 여기에서는 경험치를 얻기 위해 습격을 방어하고 있었다.

다른 도시에서는 약 일만 명의 각성자들이 조직적으로 그것도 방어 시설에 의존해야만 가능할 일을 선후 혼자서 하고 있었던 것이다.

남방의 구(舊) 천공 길드를 홀로 박살 내고, 덴마크의 구(舊) 세력 하나를 일거에 제압해서 레볼루치온에 흡수시켜 버리는 등.

소문으로만 들었던 선후의 능력은 충격적이었다. 오히려 소문이 진실을 따라가지 못한다고 생각될 정도였었다.

'미쳤어. 여긴 완전히 크레이지야.'

지애는 묻지 않을 수가 없었다. 습격이 시작된 지 불과 두 시간도 안 된 때였다.

축축하고 숨 막히는 고요 속.

지애는 핏물을 뒤집어쓴 선후를 향해 다가갔다. 이제 막 전투가 끝난 때라, 선후는 두 눈에서 열기를 뿜어내고 있었다.

도시 전체를 불태워 버릴 듯했던 온갖 화염들과 똑같은.

그래서 순간 지애는 입술을 떼지 못했다. 도대체 몇 레벨이냐는 물음 따위는 그때 침과 함께 삼켜져 버렸다. 선후의 눈빛이 공포스러웠다.

선후가 행사했던 악마 같은 힘 또한 마찬가지다.

이 도시는 도리어 몬스터가 살육당하는 비정상적인 세계였다.

지애가 이해 안 되는 바는 권성일에게도 있었다.

권성일이 선후의 심복으로 잘 알려져 있기는 하지만 전투에 돌입하면서부터는 각각 따로 움직였다.

때문에 권성일은 보통의 각성자라면 치를 떨 부상을 입을 수밖에 없었다.

그것을 전투력으로 승화시키는 불가사의함은 그렇다고 쳐도, 여전히 선후의 곁에 머물고 있는 바도 쉽사리 납득되는 일이 아니었다.

파티로 묶이지 않은 이상 경험치는 분배되지 않는다.

권성일에게 합리적인 길은 선후가 만들어 낸 위험천만한 장소에서 발버둥 치는 것 말고 본인만의 군단을 창설하는 것이다.

구태여 여기만이 답이 아니라는 것이다. 다른 도시들에서도 권성일 같은 강자를 환영하고 있다. 퀘스트를 몰아 줄 것이고 본인이 감수해야 하는 위험은 훨씬 줄어들 것이다.

권성일이란 남자는 충분히 그럴 수 있는 능력자였다. 그런데도 권성일은 선후의 곁에 있었다.

"누님. 다친 데 없으요?"

"난 괜찮지만."

지애는 대답하며 권성일의 다리 쪽을 턱짓해 가리켰다.

핏물이 뒤범벅이라 잘 보이지 않지만, 무시 못 할 부상인 것만은 분명했다.

"자고 나면 괜찮아집디다. 그나저나 누님. 오늘 광렙 좀 하지 않았으요?"

지금 레벨 업 따위가 문제인가!

직전에 공포스러운 눈빛을 띠었던 선후도 언제 그랬냐는 듯 평범한 눈으로 돌아와 있었다.

지애는 다시금 깨달았다.

이들에게 전투는 먹고 자는 일만큼이나 평범한 일상이라는 것을 말이다.

한때 리더였고, 이후로도 온갖 각성자를 경험해 본 지애였으나 지금껏 자신이 알고 있던 세계와는 전혀 다른 세계로 떨어져 버린 듯한 충격에 휩싸였다.

타닥. 타닥.

찢겨 버린 시체 조각들은 아직도 타들어 가고 있었다.

와르르.

대충 쌓여 만들어진 시산들도 이제는 잿더미로 변해 버린 것들이 상당했다.

그리고 내일이면 또 새로운 시산들이 쌓일 것이다.

그날 밤.

지애는 도무지 잠을 이루지 못했다.

선후의 배려로 20레벨을 단숨에 올렸음에도 불구하고 기쁜 마음은 크지 않았다.

당시의 기분과 흡사했다.

대검 공안부로 영전(榮轉)했을 때 받은 느낌.

여기는 내가 어울리기엔 무리가 있다는 느낌.

그래도 당시에는 젊은이의 열정과 치기가 대단했던 시기였다. 어떻게든 버텼고 아마도 선후의 후원이었을 지원 사격을 받아 대검 중수과장까지 이를 수 있었다.

하지만 당시와 분명하게 다른 점은 어제 나이트 습격에서 자신이 한 일이라고는, 선후의 뒤를 쫓아다니기만 했다는 데 있었다.

선후가 자신을 보호하기 위해 동선을 낭비하지 않았더라면 두 시간이 아니라 한 시간 만에 종결됐으리라.

선후가 나눠 준 경험치는 두말하면 잔소리.

도움이 되기는커녕 방해만 된 것이었다. 중수부에서는 그렇게 돌아가지 않았다.

지원에 힘입어 주도적으로 종결시킨 수사들이 많았다.

비록 대검 중수부의 일이 늘 그렇듯 전일 그룹을 비호해야 되는 사건들이 많았어도, 그것을 정리하기 위해서 벌이는……

그러니까 철두철미하게 계획을 수립하고 돌발 상황에 민첩하게 반응한 등의 총지휘는 자신이 도맡아 해 왔던 것이다.

만일 선후와 권성일 외.

자신과 같은 처지의 사람이 몇 명 더 있다면 생각은 달라졌을 것이다.

그들과 파티를 짜서 선후가 만들어 낸 환경을 이용하도록 최선을 다했을 것이다. 선후에게도 득이 되고 자신에게도 득이 되는 길을 택했을 것이다.

하지만 이건 아니었다.

이건…….

한심하기 짝이 없는 비참한 일이다.

무엇보다 이들과 함께하기에는 서로 속한 영역이 너무 많이 달랐다.

지애는 뜬눈으로 밤을 지새우다 결국 선후에게 털어놓았다.

길드 본부로 가겠다고.

"누나도?"

"너를 다시 본 것만으로도 충분해. 많은 위안이 됐어."

"우리 아버지가 누나 많이 아꼈던 거 알지? 이대로 보내면 아버지 다시 뵐 면목이 없어. 서운한 게 있었다면 말해봐."

"얘 봐라. 내가 한두 살 먹은 어린애도 아니고. 계속 빨대 꽂고 있을 순 없지. 262레벨이면 탑 클래스야. 누난 이제 시작이야."

"애초에 다이아 구간까지였어."

"응?"

"다이아 구간에 진입할 때까지만 빨대 꽂고 있어. 그때 가서도 생각이 변치 않는다면 보내 줄 테지만 지금은 안돼."

"누가 들으면 나 욕하겠다. 줘도 못 먹는 미친년이라고. 그런데 있지. 솔직히 누나, 좀 많이 쫄린다?"

지애는 지난밤, 나이트 습격에서 있었던 위기들을 생각하면 지금도 가슴이 서늘했다.

방어막이 소진된 이후부터였었다. 여왕의 추종자들은 자신이 제일 약한 걸 알고 집요하게 노려 왔었다. 물론 선후선에서 차단되었지만, 목숨이 경각에 달렸던 순간들이 끊임없었다.

지애는 확신할 수 있었다.

단 하룻밤이었어도 영원히 잊지 못할 악몽의 순간이었음을 말이다.

웨이브, 첨탑, 군단 전투, 다른 도시에서의 나이트 습격 등.

그걸 전부 다 합쳐 놓아도 지난 밤에는 견줄 수가 없었다.

"네 곁에서 버틸 수 있는 사람은 권성일 씨 같은 사람밖에 없어."

"본부로 가면?"

"이 회장하고 잘 애기해 봐야겠지. 선후도 알 것 같은데. 이 회장, 생각 머리 없는 사람 아니잖니."

"후회할 텐데? 어젯밤의 레벨 업이 계속 생각날 거야."

"그래도 뭔 걱정이겠어. 오딘이 내 동생인데."

Chapter 5.

아이템 몇 개를 더 챙겨서 보낼 수밖에 없었다.

"오딘이 그렇게 상냥하게 말할 수 있는지 이제 알았으."

비꼬는 게 아니었다.

"사나이란 무릇 내 가족에게는 상냥해야 하는 법. 역시 사나이 중의 사나이! 존경을 안 할 수가 없으. 나도 바깥에 돌아가기만 하믄 내 가족들에게 그럴 거여. 꼭 그럴 거고만."

성일은 누나가 사라진 방향을 계속 쳐다보며 마저 말했다.

"그건 그렇고. 누님이 떠나는 것도 이해 못 할 것은 아녀. 사람 사는 구석이라곤 할 수 없잖어. 좀 번거로워도 차라리 다른 도시들의 외벽처럼 시체들로 둘러 버리는 게 어떠? 바깥으로 치워 버리자는 거여. 잿더미가 된 것들은 내비 두고 온전한 것들로만."

"난 그냥 누워 있으련다. 너도 좀 쉬어야 하는 거 아니냐?"

"재미 삼아 하는 건디 뭐. 잠만 퍼 자는 것도 물려."

"마음대로."

성일이 쌓은 시체 외벽은 제법 벽다운 모양새를 갖춰 나갔다.

거리에 쌓여 있던 잿더미들은 날이 지날수록 줄어들었고, 새로운 시체들은 어김없이 외벽의 상층부로 던져졌다.

그날 아침도 성일은 지난 습격에 누적된 시체들로 벽을 세우고 있었다.

[빛기둥에서 위험 신호가 감지 되었습니다.]

[위험 1단계 까지: 24시간 0분 0초

* 결계 한 층을 파괴 하십시오.]

빛기둥이 위험 1단계에 돌입하면 길드원 전체의 공격력이 저하된다.

그러나 내가 개입하지 않아도 된다는 뜻의 메시지들이 계속 갱신되는 중이었다.

[길드: 일성2 군단의 김지애 공격대가 결계(1층 1구역)에 도전 하고 있습니다.]

[길드: 쏘을 군단의 엔젤라 공격대가 결계(1층 1구역)에 도전 하고 있습니다.]

……

[길드: 지안티엔 군단의 리웨이펑 공격대가 결계(1층 1구역)에 도전 하고 있습니다.]

마지막 하나 남은 1층 결계 구역으로 길드의 병력들이 운집했으며, 거기에서 며칠 전에 떠난 지애 누나의 행적 또한 찾을 수 있었다.

*　　　*　　　*

결계 3층이 파괴된 날은 2막에 돌입한 지 두 달이 지난 후였다.

내 레벨은 500대를 돌파했다.

성일도 마(魔)의 구간인 마스터 구간을 목전에 두며, 우리들 사이에서만 '평화'라고 불릴 수 있는 시간들을 보내왔었다.

성일이 완성시킨 시체 외벽은 부패가 끝나 온갖 해골들로 얽혔다.

도시의 이름을 확인하지 않고도 외관만으로 접근을 꺼려하는 곳이 된 것이다. 성일이 재미 삼아 시작한 일이지만, 2막이 끝날 때까지 거점이 될 곳이라서 나쁘지 않았다.

다른 이들의 눈에는 악마가 사는 지옥 성처럼 되어 버린 것이다.

길드에서 이탈해 야인(野人)으로 돌아다니는 것들의 이야기가 심심치 않게 들렸었으나, 내 도시 주변에서는 절대 찾아볼 수 없는 것들이었다.

[레벨 업 하였습니다.]
[레벨: 501]

"392, 494? 무슨 놈의 경험치가…… 사십만이나 쳐 먹여 달래. 쓰벌."

기뻐한 것도 잠시, 드디어 마스터 구간에 진입한 성일이 놀란 소리를 뱉었다.

"어느 세월에 이걸 다 쌓고 레벨 업 한디야. 마스터 구간

왜 이려. 이거 잘못 본 거 아닌디, 물 먹는 하마도 이 정도
는 아닐 거여."

"그래서 마의 구간인 거다."

예전의 시스템으로 치자면 성일은 A급 각성자의 반열에
올랐다.

그러나 당시의 A급 각성자들과 수준 차이가 심하게 날
수밖에 없는 까닭 하나는 숙련도는 올랐지만, 여전히 등급
낮은 스킬들에 있었다.

성일에게는 주력 특성은 있어도 주력 스킬이라 할 만한
게 없었다.

하지만 결계 4층부터는 마스터 박스가 보상으로 담긴 퀘
스트가 나오기 시작한다.

5층 각 구역부터 하나씩. 그러다 7층에 이르러서 최종
보스전을 클리어한 구역으로 첼린저 박스가 보상으로 떨어
진다.

팔악팔선들은 그 무렵 즈음부터 주력 스킬과 아이템들을
얻기 시작했다고 했다.

어쨌든 다른 도시에서는 그 퀘스트들을 두고 첨예한 대
립이 있겠으나 내 도시에서만큼은 아니다.

완벽한 거점.

쏟아지는 퀘스트와 보상.

경험치를 무한정으로 빨아들이는 여기는 나만의 낙원이다.

[루아―르를 매번 찾아 주셔서 감사해요. ㅠㅠ]

NPC 신세로 추락한 정령이 기쁨의 날갯짓을 했다.

[그런데 이상한 일이네요. 인도관님께서 각성자 여
러분들께 꼭 전하셔야 할 사안이 있는데요…… 조용하
시네요. 대체 뭘 하신담. 저 루아―르가 승급됐다면 이
런 일은 일어나지 않았을 거예요.]

"그 사안이라는 게 뭐야?"

그때였다.
정령이 뿌리던 빛무리가 붉게 변해 가기 시작했다.
그건 이 녀석이 인도관의 직위로 있지 않은 이상, 일어날
수 없는 일이었다.

[탐험자가 발동 하였습니다.]

[교체된 인도관에 대하여 (탐험자 보상)

위대한 시스템의 명령을 거부하는 인도관은 인도관
의 자격이 없습니다.]

정령은 장난기가 가득한 미소를 지었다. 히죽거리는 그
얼굴에 악의(惡意)가 넘실거렸을 때, 불길함과 함께 녀석이
띄운 메시지도 나타났다.

[중간 미니 게임 같은 거예요. 상위의 성과를 보이
고 있는 무대 여러분들에게 시스템이 보내는 선물이자,
한숨 돌릴 수 있는 시간으로 여겨도 좋아요. 수련의 장
으로 여겨도 좋고요.]

정령에서 발광하는 적색 빛 무리는 지금껏 겪었던 색채
들보다 더욱 뛰어났다. 불가사의한 힘이 도사리고 있다는
게 느껴질 정도라서, 나는 황급히 뒤로 거리를 벌렸다.
몇 박자 늦은 성일의 목덜미를 낚아챈 것도 물론이었다.
"뭐여. 저거 왜 또 빨갱이로 변했어."
성일에게도 정령의 메시지가 들어와 있었다.
탐험자 특성이 알려 준 대로였다.
내 도시의 많은 정령 중에 하나가 인도관으로 승급한 것
이다.

정령에게서 발산되기 시작한 빛은 피할 수 있는 속도가
아니었다. 초월 감각의 영역에서도 인지할 수 없는 속도.
그것이 부딪쳤을 때 탐험자 특성이 연거푸 발동됐다.

[**둠 카오스**의 과도한 개입에 대하여 (탐험자 보상)

둠 카오스는 시스템이 창조되던 틈을 비집고 자신
의 권능을 심어 두는 데 성공 하였습니다. 완벽할 수 있
었던 시스템을 변질 시켰습니다. 하지만 거기서 그치
지 않았습니다. 이제 **둠 카오스**는 시스템에 심어 둔 권
능을 소비하여 그의 전지전능함으로 말미암아, '마루카
일족의 의례'에 대답해 주고자 합니다.

내용: 권능 소비. 시스템 내 **둠 카오스**의 영향력이
현격히 줄어듭니다.]

자세하게 확인할 틈 없이 일은 벌어졌다.

지금껏 망부석이었던 정령이 내 앞으로 날아왔다.

[즐길 준비들 되셨나요? 위대한 시스템의 이름으로
진행 됩니다. 외쳐 볼까요. 싸워라, 싸워라. 한 명만 남
을 때까지!]

　　　　　*　　　　*　　　　*

　싸악―!

　처음 시작의 장에 진입할 때와 같았다.

　저항할 수 없는 압력이 나를 휘감기 무섭게 이공간 속으로 던져져 버렸다.

　바닥은 딛고 설 수 있는 검은 기운으로만 평평하게 깔려 있었다. 사방 벽도 똑같은 기운으로만 구성된 이곳은, 10평 남짓의 좁은 공간이었다.

　　[싸워라, 싸워라. 한 명만 남을 때까지 (퀘스트)

　　강자들은 사선을 넘는 대결을 통해서 성장하기 마련입니다.

　　임무: 한 명이 남을 때까지 살아남으십시오.

　　제한 시간: 2시간

　　* 제한 시간 내 임무가 완수되지 않을 시, 공간이 닫히게 됩니다.]

나와 함께 진입된 사람은 두 명이었다.

둘 모두 동양인 젊은 남성.

검은 벽을 등진 채로 서로를 훑어보는 동시에 퀘스트를

확인하는 눈빛들이 번뜩였다.

둘이 가슴에 달고 있는 문장은 비슷한 구석이 많았다. 그 때문이었을 거다.

둘은 대화 한 마디 나누지 않고도, 서로를 향해 고개를 짧게 끄덕인 다음 내게로 시선을 돌리는 것이었다. 둘에게는 내 표정이 적개감으로 가득해 보였을 테지만, 사실 내 분노의 근원은 저따위 녀석들이 아니라 시스템에 있었다.

이건 상위 무대의 각성자들에게 벌어지고 있는 일이었다.

셋 중 한 명만 살아남으라는 퀘스트는 결국 상위 무대의 각성자 수를 1/3로 줄여 버리겠다는 악랄한 집념일 수밖에 없었다.

탐험자 보상으로 띄워 줬던 정보들을 확인하고 있는데, 녀석 중 한 놈이 선 자리에서 말을 내뱉었다.

"보자마자 알겠더라고. 너 같은 놈들, 들어 본 적 있다. 밤에는 결계로 숨어들어 나이트 습격을 피하고, 낮에는 사냥감을 찾아 안전지대를 뒤지고 다닌다지? 그렇지 않냐?"

근근이 들려왔던 야인(野人)에 대한 이야기였다.

[상대가 당신을 간파하지 못했습니다. (스킬, 개안)]
[상대가 당신을 간파하지 못했습니다. (스킬, 개안)]

동시에 메시지 두 개가 들어왔다. 흠칫 떨려 나오는 호흡 소리들은 바로 직후에 이어졌다.

"쉿."

그렇게만 내뱉어도 충분했다. 두 녀석을 닥치게 만든 다음 마저 탐험자 보상 창을 확인했다.

마루카 일족의 의례에 대답해 주었다? 권능을 소비해서 시스템 내 영향력이 현격히 줄어든다?

어쩌면 초월적인 존재마저도 작금의 돌아가는 상황이 영 미덥지 않았을지도 모른다.

우리 인류의 각성자들이 빠르게 성장하고 있으며, 2막 1장의 빛기둥을 파괴할 수 있는 선까지 안정적으로 퀘스트를 진행하고 있기 때문에 말이다.

시선을 다시 두 녀석에게 가져갔을 때였다. 한 녀석이 집게손가락으로 나를 가리키고는 X자를 막 그어 보이고 있었다.

그 수신호의 뜻은 명백했다.

녀석들은 아이템 없이 맨몸 상태의 나를 계산하고 있었다.

나와 싸울 수 있는지.

그때 수신호를 보내고 있던 녀석이 긴장된 목소리를 냈다.

"우리…… 싸우지 맙시다. 시스템이 시키는 대로 하라는 법만 있습니까. 잘 찾아보면 다 같이 살아 나갈 수 있는 방법을 찾을 수 있을지도 모릅니다. 아니, 반드시 찾아야만 합니다."

"동감입니다. 시간이 아직 많이 남아 있습니다. 이쪽은 제가 살펴볼 테니, 다른 분들께서는 출구가 따로 없는지 잘 보시죠."

두 녀석은 검은 기운으로 막힌 벽을 더듬기 시작했다. 내게 보란 듯이 동작을 크게 하면서, 곁눈으로 나를 힐끔힐끔 바라보았다.

"상태 창을 꿰뚫어 보려고 시도하는 건."

내가 말하자 둘의 동작이 느릿해졌다. 나를 제대로 돌아보는 고갯짓 또한.

"이미 공격을 시작한 거나 다름없지."

내 눈빛을 받은 녀석이 황급히 외쳤다.

"그, 그건 당신의 소속이 불분명했기 때문이었어! 당신도 내 창을 꿰뚫어 보면 될 거 아니야. 어서 봐 봐. 그럼 내가 누군지 알 거야. 날 건드려서는 조금도 좋을 게 없다는 것도 알게 될 거다! 뭐해. 어서 해 보라니까. 어서 해 봐아아아!"

녀석은 팔을 크게 벌리면서 피력했다.

그때 녀석의 목덜미를 쇄도해 들어간 공격은 내게서 나온 게 아니었다.

암묵적으로 한편이 되기로 했던 다른 녀석의 칼끝에서 송곳 같은 기운이 솟구쳐 나왔다. 거기에 타격을 받은 녀석이 비틀거리며 벽에 부딪힌 다음부터가 시작이었다.

쾅!

두 녀석 사이에 서로의 목숨을 두고 격전이 일어났다.

승자가 가려진 순간이었다.

"……저 새끼가 당신을 죽이려 했었어. 끝냈으니까. 이제 끝냈으니까. 여기서 빠져나갈 방법을 찾자. 날 도와서 다 같이 나가게 된다면."

녀석이 마저 말했다.

"틀림없이 오딘께서 보답을 해 주실 거다. 오딘이 누구신지는 알지?"

*　　　*　　　*

녀석은 내 이름을 팔지 말았어야 했다.

그렇다고 해서 달라지는 건 없었겠지만.

　[퀘스트 '싸워라 싸워라. 한 명만 남을 때까지'를 완료 하였습니다.]
　[잠재적인 위협 : 318 명]

도시로 돌아와졌다.

[길드인원: 52,820 명]

[길드인원: 44,991 명]

[길드인원: 31,500 명]

[길드…….]

성일이 나타난 건 길드 인원수가 2만 대까지 떨어진 뒤였다.

두 주먹에서 피를 뚝뚝 흘리며 고통스러운 표정이었다. 나지막하게 욕지기를 뱉은 그는 분노를 터트릴 대상을 찾아 주위를 두리번거렸다. 그러다 건물들을 부수고 다니기 시작했다.

원래부터 나이트 습격으로 인해 폐허나 다름없었던 건물들이었기에, 성일과 직면한 것들은 어김없이 무너져 내렸다.

곧 건물 부서지는 소리가 멎은 대신 성일의 목소리가 뻗쳐 올랐다.

"수만 명이 죽었으. 동족의 칼날에!"

흩어지는 먼지 속. 우두커니 서 있는 성일이 드러나 있었다.

성일과 한데 묶이지 않았던 걸 다행으로 여겨야 하는 것인가. 귀환석이 있긴 하지만 귀환 장소는 크시포스 군단의 얼음 성채에서 변동된 적이 없었다.

"참 드럽구만. 살면서 느꼈던 것 중에 제일 드럽고 드러운 기분이여. 어디 가려고?"

"본부."

"나도 같이 가고 싶긴 한디, 나까지 왔다리 갔다리 하기에는 시간 없잖어."

"그래서다. 혼자 다녀오지. 나이트 습격 전까진 돌아오마."

그렇게 말하는데 속이 계속 울렁거렸다.

상황이 최악으로 돌변했다.

상위 무대라는 것이 어디까지 지칭되는지는 모르겠다만, 그 무대의 각성자 수가 1/3로 줄어든 걸로 끝날 일이 아니었다.

퀘스트가 발생했던 무대들 전체는 2막 1장을 공략할 힘을 잃어버린 것이었다.

재앙이라고밖에 달리 표현될 말이 없었다.

우리 무대에서 희생된 것만 수만 명이다. 퀘스트가 발생된 전 무대를 통튼다면 그 희생자는 대체 얼마나 된단 말이냐.

상공에서 내려다본 이태한의 도시는 암담하고 침울한 분위기였다.

실제로 흐느낌이 들려왔다. 퀘스트 장소에서 돌아온 자들은 피를 뒤집어쓴 채 아무 데나 주저앉아 살짝 넋이 나가 있었다.

곧 죽을 것 같은 부상자들도 어렵지 않게 찾아볼 수 있었다.

그들의 머리맡으로 거대한 그림자가 드리웠다. 그들은 해골 용을 탄 나를 올려다보고는 황급히 전투태세를 갖추었다.

해골 용을 풍문으로나마 들어 알고 있던 자들에게서 먼저, 내가 언급되기 시작했다.

"중지. 중지! 그분이시다."

해골 용에서 뛰어내리자마자 시청 건물로 향했다.

건물 안도 거리와 사정이 다르지 않았다. 피비린내가 곳곳에서 흘러나온다.

복도와 홀에 너저분하게 앉아 있던 자들이 나를 바라보았다. 개중에는 살의(殺意)가 채 지워지지 못한 시선도 있었다.

복도 한복판에 이태한이 있었는데, 나와 눈이 마주친 순간 그가 보인 눈빛은 절망 그 자체였다. 그는 힘없이 움직였다.

이태한이 말없이 나를 안내한 곳은 그가 서재로 쓰던 한 방이었다.

"김지애는?"

"예기치 못한 상황이 발생했을 때…… 시청 뜰로 모이기로 되어 있습니다. 살아 나왔다면 곧 거기서 만나실 수 있을 겁니다. 살아 있을 겁니다. 그럴 테지요……."

이태한의 목소리는 무력했다.

"오딘. 둠 카오스…… 시스템…… 우리는 대체 여기서 뭘 하고 있는 겁니까."

그때 시야가 뿌예졌다. 축 처진 이태한의 모습이 희미하게 보였다.

위험 신호였다.

안간힘을 다해 붙들고 있으나, 생각이 계속해서 꼬리에 꼬리를 물고 이어지는 것이었다.

상위의 무대들에게 발생된 재앙.

상위 무대라 함은 높은 확률로 레볼루치온과 투모로우의 고위 각성자들이 시작한 무대일 것이다.

그곳들은 이번 재앙의 충격에서 벗어날 수 없다.

여기 무대야 내가 존재하지만, 그곳들은 죽을힘을 다해도 살아남기가 어려울 것이다.

오늘 밤 나이트 습격부터가 어려울 텐데…….

아는가.

공들여 쌓아 온 탑이 무너지고 있었다. 둠 카오스는 손짓

하나로 세계 각성자 협회의 지휘부를 찢어 놓으려 한다.

성일이 하고 싶지 않은 두 건의 살인 때문에 분노하고, 이태한이 둠 카오스의 가공스러운 권능 때문에 절망감을 느끼고 있다만!

지금 이 순간 제일 격한 감정에 휘둘릴 사람은 바로 나란 말이다.

젠장. 젠장. 젠장할!!!

인중을 스치는 콧바람이 뜨거웠다.

관자놀이는 내 것이 아닌 것처럼 통제 불능으로 꿈틀거리고 마침내 심장이 가슴벽을 빠르게 때려 대기 시작했다.

되는 대로 나무 의자에 앉아 숨을 몰아쉬지만, 숨이 가쁘게 오가는 수만큼 안압이 급상승하는 게 느껴졌다.

눈알이 터질 것만 같았다. 성일처럼 무엇이든 박살 내 버리고 싶었다.

내 화를 내가 못 이겨서.

우웩.

토사물이 발등으로 쏟아지며 시큼한 냄새가 코를 찔러 왔다.

"괜찮으십니까?"

"받아라."

보관함에서 장신구들을 끄집어내는 대로, 이태한의 손

위에 떨어트려 주었다.

이태한은 A급 아이템들을 물끄러미 바라보다가 고개를 들었다.

"엔젤라와 군나르손에게도 분배해. 주력인 녀석들에게도 적당히."

이태한은 다시금 깨닫고 있었다.

"……오늘 밤이 고비가 되겠군요."

재앙은 아직 끝나지 않았다.

*　　　*　　　*

시청 뜰에서 지애 누나를 발견한 것을 끝으로 내 도시로 돌아왔다.

"안색이 왜 그려? 이태한 그 쓰벌 것이 마음대로 안 따라 주는 거여?"

"넌 옆 도시로 가라."

"……."

"다른 도시들을 도와. 여기는 나 혼자서도 충분하니까."

성일에게도 장신구들을 건넸다. 이제 보관함에 남아 있는 건 주력 1세트뿐이었다.

"그러지. 칠 도시로 갈게."

성일은 내게 뭔가를 말하려다가 몸을 돌렸다.

그가 떠난 후 황혼이 물들었다. 하늘이 물에 퍼진 핏물처럼 붉은 색으로 희끄무레해졌다.

지평선으로 넘어가는 태양은 바클란 군단에서 봤던 둠 아루쿠다의 눈알처럼 불길하기 짝이 없었다.

　　“둠 카오스…… 시스템…… 우리는 대체 여기서
　　뭘 하고 있는 겁니까.”

이태한이 했던 말이 귓가를 맴돌았다.

그때.

　　[퀘스트 '잠재적인 위협'이 완료 되었습니다.]
　　[완료 보상으로 다이아 박스가 지급 됩니다.]
　　[154,550 xp를 획득 하였습니다.]

각성자들끼리 서로 죽이라던 퀘스트가 제멋대로 완료되었다.

완료 후에도 다시 수행 가능한 반복 퀘스트라더니 그대로 증발되었다.

[탐험자가 발동하였습니다.]

[소비된 둠 카오스의 권능에 대하여 (탐험자 보상)

시스템에 깃들었던 둠 카오스의 권능 대부분이 사라졌습니다. 이에 시스템 내 둠 카오스의 권능은 퀘스트 '둠 맨의 탄생'에만 집약 되어 있으며, 이후로는 시스템을 교란 시키는 것이 불가능해졌습니다.

내용: 모든 각성자들에게서 퀘스트 '잠재적인 위협', '암살', '권좌' 등이 제거 됩니다. 동일한 체계의 사건은 더 이상 발생 되지 않습니다.]

시스템의 악의적인 부분이 사라졌다는 것인데.

"큭. 크크크큭……."

*   *   *

본 시대에서는 블랙 존이라 불렸고, 이번에 와서는 위험 지대라 불리던 곳이었다.

개 같은 그날 밤에도 거기서 쏟아져 나온 것들이 내 도시를 쳐들어왔다.

[오딘의 분노: LV.6 — *99.99%*]

[오딘의 분노가 0. 01% 상승 하였습니다.]

[오딘의 분노가 레벨 업 하였습니다.]

[오딘의 분노: LV.7 — 00.00%]

한순간도 멈추지 않았다. 내 도시로 쳐들어온 것들을 쓸어버린 후, 이웃 도시 중 성일이 가지 않은 도시를 도왔다.

그러던 중에 뜬 메시지.

[길드: 도시(십일)의 방어가 무너졌습니다.]

중국인 각성자가 대거 몰려 있는 도시로 이동하는 사이에도 난리였다.

[길드: 도시(사)의 방어가 무너졌습니다.]

[길드: 도시(십일)이 위태롭습니다.]

[길드: 도시(사)가 위태롭습니다.]

빌어먹을. 내 몸은 두 개가 아니잖은가.

그나마 4시 지역에 있다 해서 '사'로 명명된 도시는 이태한의 도시와 가까웠지만, 이태한 쪽도 사정은 여의치 않을 것이다.

방향을 틀었다.

길드 본부로 완성된 도시와 인접한 도시를 구하는 것이 합리적이라고 판단했기 때문이었다.

메시지가 경고한 대로 그 도시의 외벽 곳곳이 뚫려 있었다.

비행 기수들은 망루를 집요하게 물어뜯고 있었으며, 여왕의 추종자들 중에서도 높은 등급의 바클란들은 막강한 괴력으로 방어 시설들부터 무너트리던 중이었다.

그래서 방어 구조물의 보호를 받고 있던 원거리 딜러들은 바클란들에게 노출되어 있었다.

화염 속성의 투사체를 퍼붓는 구조물이 용을 쓰고 있으나 거기도 함락되긴 시간문제로 보였다.

모두가 처절했다.

다 낫지 않은 몸들로 바클란들과 엉켜서 뒤죽박죽이었다.

혼자 살겠다고 결계를 향해 도망치는 것들도 있었고, 그것들을 단죄하라며 소리를 지르는 공대장급 인사들도 보였다.

질서 있게 이뤄져 왔던 세상이 하룻밤 만에 무너지고 있었다.

후읍. 후읍.

해골 용은 나의 분노에 공감했다. 그것의 내부를 빠르게 휘몰아쳐 오르며 아가리로 집약된 검은 기운들이 허공을 갈라 놓았다.

쿠아아악—

검은 하늘에 검은 브레스가 비행 기수들을 덮쳤다.

급히 공중을 선회하는 것들이 있었으나 해골 용의 아가리도 따라서 움직였다. 물 대포가 화재를 진화시킨 자리처럼, 해골 용의 브레스가 쓸고 지나간 자리에는 더 남은 것들이 없었다.

하늘을 정리한 후부터는 해골 용에서 내려 시청 거리 앞부터 시작했다.

무너진 정문 입구까지 쇄도해 나갔다. 찌르고 가르고 잡아 뜯고.

도시 각성자들은 내 주변에 있지 않는 것이 날 도와주는 것이었다.

내가 일으킨 화염과 죽음의 기운들이 몬스터뿐만 아니라 그들의 목숨까지도 앗아 갈 수 있다는 것을 모르지 않는 바, 그들은 후퇴에 후퇴를 거듭하며 소리쳐 댔다.

"물러서어어엇! 오딘 님 앞을 비워라아아아—"

백지처럼 하얗게 질려 있던 얼굴들이 활력을 되찾기 시작했다.

입 밖으로 늘어진 혀, 내장을 쏟아 내고 있는 복부, 함몰 된 얼굴.

성급한 아이에게 쥐여 준 장난감처럼 사지가 떨어져 나 간 시체들까지.

전사한 각성자들이 도처에 깔린 구역까지 도달했다.

시체는 고통을 느끼지 못한다. 이미 죽어 버린 것은 다시 죽지 못한다.

살아 있는 것들은 몬스터뿐.

광역 스킬을 아낄 이유가 없었다.

화염이 솟구치며 길을 만들었다. 폭발에 무너진 건물 파 편들이 바클란들의 정수리로 떨어지기 전에, 세 갈래 죽음 의 기운으로 그것들의 육신을 갈기갈기 찢어 놓았다.

그것들이 내 협회에 가한 충격만큼, 할 수 있다면 그것들 의 영혼까지도 뜯어 버리고 싶었다.

그 순간에도 뭔가가 내 귀에 대고 계속 속삭이는 것 같았 다.

명령이었다. 분노로 가득 찬 심장에서부터 전해져 오는.

죽여라. 죽여라. 다 죽여라.

허무한 목숨들이 증발된 날이 아니던가.

보이지 않는 상위 무대 어딘가들은 점점 말라비틀어지다 끊겨 버릴 거다.

그런데 젠장.

[길드: 도시(십일)이 파괴 되었습니다.]

아주 먼 무대 중앙.

빛 기둥에서 파장이 퍼져 나왔다.

[빛 기둥이 위험 1단계에 돌입 하였습니다.

* 빛 기둥이 파괴 될 때까지 공격력이 30% 하락 됩니다.]

*   *   *

내 도시를 홀로 방어하고 다른 두 도시를 지원했었다.

마스터 구간에 이른 성일 또한 다른 도시 하나로 파견했었다.

주력 세트를 제외하고 남은 아이템들을 다 풀어 놓기까지 했다.

그럼에도 불구하고 도시 하나가 파괴되어 버렸다.

재앙이 휩쓸고 간 영향이 잔존한 것으로, 살아 돌아온 각
성자들마저 부상을 달고 있던 까닭 때문이었다.

그날 밤이 지나간 후.

[길드 인원: 14,002 명]

근 칠만에 육박했던 수는 그렇게 곤두박질쳤다.

내가 속한 무대도 이러할진대, 같은 재앙을 겪었던 다른
무대들의 운명이야 두말할 것도 없으리라.

안다.

거시적인 안목에서는 마냥 분노에 빠질 일만이 아니라는
것을.

정령의 장난질을 포함해, 시스템이 전 각성자에게 농간
을 부렸던 모든 작업들이 중단되었으니까. 시작의 장 안에
서는 물론 끝난 이후로도 계속 말이다.

상위 무대로 특정되지 않은 무대들.

그러니까 재앙을 피한 대다수의 각성자들이 특혜를 누린
다. 그들이 전과 다름없이 성장해서, 보다 안정적인 인성을
되찾으며 바깥으로 나가게 될 거다.

그걸 모르는 바 아니지만, 감정이 사고를 따라가지 못하
는 게 문제였다.

왼쪽 눈 밑의 근육.

거기가 내 의지와는 상관없이 움찔대고 속은 여전히 거북했다.

아직까지도 넋 빠진 듯 굴고 있는 것들을 보면 화가 치밀어 오른다. 다시 돌아올 밤을 준비해야 할 녀석들이 그러고 있는 것이다.

재앙이 덮치고 습격이 지나간 아침은 처참했다.

이태한까지 그러고 있다면, 보자마자 갈아 치울 생각이었다.

하지만 녀석은 제 집무실 안에서 휘하 공대장들을 집결시켜 놓고 소리치고 있었다.

"다 소집시켜! 걸어 다닐 수만 있다면 브론즈 1레벨짜리라도!"

지애 누나도 거기에 있었지만 이태한을 제외한 모두에게 나가라고 지시했다.

모두가 빠져나갔을 때 이태한이 말했다.

"오셨습니까."

본론만 꺼냈다.

"도시가 파괴될 때마다 한 계단씩. 감춰져 있는 제한 시간 내에 다음 층의 결계를 벗겨 내지 못해도 한 계단씩. 빛 기둥의 위험도가 상승한다. 2단계에서 아이템 무력화, 3단계에서 특성 스킬 무력화, 4단계에서 모든 능력치의 무력화로 진행되지. 알겠나? 도시 하나가 더 무너지면 전부 끝장이다."

그런 상황이 오면 이 무대를 끌고 갈 수 있냐 없느냐가 아니라, 나조차도 생존의 문제가 걸리고 마는 것이다.

그래서 본 시대에서는 2막 1장을 관통하지 못한 무대들이 많았다 했다.

가장 높은 피해율로 손꼽히는 무대가 2막 1장이었다.

이미 지금도 심각한 상황이었기에 이태한의 표정은 크게 변화가 없었다. 어제 빌려주었던 아이템에 대한 언급도 없었다.

나도 감사의 인사나 듣자고 온 게 아니고.

"공격력에 디버프가 걸렸습니다. 그걸 상쇄시킬 추가 병력은 없고 방어 구조물들도 다시 세워야 하는 실정입니다. 좋지 않습니다."

"빌드 점수는 내가 채워 주지. 도시 전부."

전 도시의 결계 퀘스트 전체를 내가 직접 완수하겠다는 뜻이다.

"내 도시의 이웃 도시들도 지원하겠다. 그쪽 도시들에

투입할 병력은 최소한으로만 잡도록."

녀석들도 살고, 나도 살아남는 방법은 그 길밖에 없었다.

도시 하나를 차지하고 있는 것만으로도 내 성장분을 충분히 채울 수 있었기 때문에 다른 도시에 개입하지 않았었지만, 상황이 달라졌다.

2막 1장의 모든 결계 퀘스트를 나 홀로 진행해야 할 것이다.

해가 떠 있을 때는 결계를, 해가 진 후에는 도시들을 끊임없이 맴돌아야 한다.

이번 장이 완료되기 전까지 밤낮없이 계속.

결계 4층부터의 전 경험치를 독식하겠지만 부차적인 문제일 뿐.

그런 것이다.

시스템의 악의적인 부분이 사라진 대신, 둠 카오스는 내 휘하들의 목숨을 앗아 가고 또 내게는 생존의 문제를 던진 것이다.

이태한의 양어깨를 붙잡고 그의 눈을 직시하며 다시 말했다.

"도시들을 사수하는 데만 주력해라. 그럼 나머지는 내가 다 끝내 주마."

　　　　　　*　　　　*　　　　*

　北방의 왕으로 있었던 시절.

　태한은 그룹을 고무시킬 목적으로 전사자들에게 경의를 표했던 적이 있었다.

　그러나 아무런 효과도 보지 못했다.

　누구도 거기에 공감하지 않았기 때문이었다.

　죽은 자들은 전사자가 아닌 낙오자로 지칭되는 게 일반적이었는데, 전우애라는 게 생길 즈음이면 다시 반복되는 악랄한 퀘스트가 그렇게 만들었었다.

　처음에는 그런 퀘스트를 발생시키는 시스템에 회의감이 대단했다.

　소수의 사람을 선택해 초자연적인 힘을 쥐여 줬을 때는 언제고, 막상 서로를 죽여 대라고 부추겨 대니 말이다.

　장이 진행될 때는 같은 그룹원들끼리 혈안을 띄게 만들며 장이 끝난 후에는 다른 그룹과의 대규모 출혈을 피할 수 없게 만들었다.

　정체를 도무지 알 수 없는, 선악(善惡)이 공존하는 초자연적인 현상.

　오딘에게 진실을 듣기 전까지만 해도 시스템은 그렇게만 여겨졌다.

진실은 경악스러웠다.

칠마제라는 악의 군주들이 존재했다.

흔히들 말하기론, 외계에 문명이 존재하지 않는다면 그것이야말로 우주 공간의 굉장한 낭비라고 하지 않았던가.

그래서 외계 문명이 침공했던 일까지는 납득이 가는 사건이었으나 칠마제 중에서 제일 고등하다던 '둠 카오스'는 아니었다.

둠 카오스는 관념(觀念)으로만 존재할 법할 신적인 존재였다.

정말로 둠 카오스의 권능은 신성을 지녔었다.

온갖 군상들이 저마다의 목적으로 치열하게 살아온 날들을 없던 일로 만들어 버렸다.

퀘스트 '싸워라 싸워라. 한 명만 남을 때까지.'로 상위그룹이라 특정된 무대들을 파괴시켜 버렸다.

태초에 하나님이 천지를 창조하시느니라. 하나님이 이르시되 빛이 있으라 하시니 빛이 있었고, 빛이 하나님이 보시기에 좋았더라. 하나님이 빛과 어둠을 나누사, 하나님이 빛을 낮이라 부르시고 어둠을 밤이라 부르시니 저녁이 되고 아침이 되니 이는 첫째 날이니라.

성경의 첫 구절과 무엇이 다를까.

　둡 카오스 님이 이르시되 셋이 가서 한 명만 남을 때까지 싸우라 하셨으니, 한 명만 남아 있더라.

그래서 무력감에 휩싸였었다.

오딘이 주고 갔던 아이템들도 눈에 들어오지 않았었다.

하지만 그날.

이상한 일이 벌어졌다. 자신뿐만 아니라, 길드원 전체에게서 악의적인 퀘스트들이 사라졌다는 보고들이 속속 들어왔다.

뭔가 이상이 생긴 게 분명했었다. 태한은 줄곧 그걸 생각해 왔었다.

그래서 언급하지 않을 수가 없었다.

"도시를 사수하는 데만 주력해라. 그럼 나머지는 내가 다 끝내 주마."

"······아시겠지만 절망적입니다. 소집령을 내려도 따라 주질 않습니다. 강제로 끌어다 놔도 그때뿐입니다. 다들 두려워하고 있습니다. 어제와 같은 퀘스트가 또다시 발생할까 봐."

"그래서?"

오딘의 두 눈은 어제부터 줄곧 분노로 가득 차 있었다.

"저도 이런 말씀을 드리고 싶지 않았습니다. 하지만 현실이 그렇습니다. 오딘께서 결계를 맡아 주시는 것만으로는 장담드릴 수 없습니다."

태한은 오딘의 그 얼굴과 마주하는 게 오싹해지기 시작했다.

오딘의 두 눈뿐만 아니라, 눈 밑의 경련 또한 당장 무슨 일이든 저지를 수 있을 것처럼 보였다. 자신의 목 따위는 쉽게…….

그래도 태한은 오딘에게 꼭 받아 내야 할 대답이 있었다.

"마침 나쁜 퀘스트들이 사라졌습니다. 반복적으로 진행할 수 있다던 '잠재적인 위협'도 다시 받아지지 않습니다."

"본론만."

태한의 결론은 그랬다.

전 도시를 사수하기 위해서는 오딘의 도움 외에도, 전체를 고무시킬 이야기가 절실한 시점이다.

그것이 진실이든 거짓이든.

"악랄한 퀘스트들이 취소된 까닭이…… 거듭 죄송하다는 말씀을 드려야겠습니다. 오딘이 행하셨기 때문이라 발표해야만 합니다. 어제와 같은 퀘스트가 다신 발생하지 않을 거라는 믿음을 심어 줘야 합니다. 부디 허가해 주십시오."

오딘은 그런 사내였다.

자신의 공을 내세운 적이 단 한 번도 없었는데, 도리어 없던 이야기를 지어내겠다는 것은 그의 분노를 사기에 충분한 것이었다.

지금껏 오딘이 보인 모습으로는 용납되지 않을 부탁이라고 생각하면서도 끝내 말을 마쳤다.

태한은 차마 오딘과 눈을 마주치지 못하고 그의 입만 바라보기 시작했다.

바로 분노가 떨어질 거라 생각했던 것과는 달리, 오딘이 진지하게 고려하고 있는 시간이 길어지고 있었다.

이윽고 오딘의 입술이 열렸다.

"사실을 거짓처럼 말하는 재능도 있었군."

"무슨 말씀이신지……."

"사실이다. 내가 행했다. 그런 것이나…… 큭. 다름없지. 공표해. 이제 둠 카오스의 권능은 내게만 집약되고 있는 바, 너희들에게는 그 같은 피해가 다신 발생하지 않을 거라는 것 말이다."

이 또한 시스템이 변질된 원인처럼 뜻밖의 진실이었다.

오딘과 같은 경지에 이른 사람이 아니고서는 접근할 수 없는 진실!

"정, 정말입니까?"

"그래. 시스템의 개 같은 짓거리는 끝났다. 이태한."

"예."

"자식이 있나?"

"있, 있습니다."

"그럼 기뻐해도 좋다. 우리는 비극을 겪고 있지만, 다른 무대 어딘가에 있을지도 모를 네 혈육들에겐…… 희극일 테니."

그때 태한은 어딘가로 빨려 들어가는 느낌을 받았다.

어제 길드원 두 명을 죽이라며 제한된 공간으로 진입되었을 때처럼.

하지만 육신은 여기 그대로였고, 정신만 오딘의 이글거리는 두 눈으로 빨려 가 버리듯 머릿속이 멍해져 버리는 것이었다.

*　　　*　　　*

오딘이 떠난 뒤.

태한은 가슴 깊은 곳부터 서늘해져 버려서 꼼짝할 수가 없었다.

생각하면 생각할수록 소름이 돋았다.

지어내려고 했던 이야기는 사실 말이 안 되는 것이었다.

칠마제 둠 카오스 외에도 시스템 자체에 영향을 끼치는 존재가 있으며, 그것이 우리와 같은 인간이라는 소리였으니까.

하지만 사실이었다니.

거기서 그친 게 아니라, 둠 카오스의 악랄한 권능이 자신에게 집약되었다 하였다.

그 말이 무슨 뜻이겠는가. 오딘은 인류 전체가 감당해야 할 악신(惡神)의 공격을, 홀로 받아 내고 있는 것이었다.

이번 무대만 봐도 오딘이 하려는 일은 분명했다.

그런 존재를 부르는 말이 있었다.

구원자.

그러한 거인이 보내 온 생애는 무엇이든 다 말이 될 것 같았다.

예컨대 오딘은 세계 각성자 협회의 조슈아 폰 카르얀과 어깨를 나란히 하는 인물이 아닐 수도 있다. 그 이상일지도.

빌더버그 클럽의 후신인 전일 클럽이 전일 그룹의 사명과 동일하고, 그 전일 그룹이 오딘의 아버지 성함과 동일한 것은 우연이 아닐 수 있었다. 오딘이 전일 그룹의 주인이자 전일 클럽의 리더일지도.

시작의 날을 오래전부터 예기하고 준비해 왔었는데, 당시에 받을 경제 충격을 예상 못 했을 리가 없다. 세계 경제를 구원했을지도.

그런 거인을 두고 멋대로 추측해 왔던 바들이 부끄러워졌다. 뒷조사 같은 것은 두말할 것도 없이.

태한은 다른 도시의 지휘부를 소집시킨 동안.

거인이 남긴 그림자 속에 계속 파묻혀 있었다.

확신이 들었다.

앞으로도 거인의 그림자 속에서 벗어날 길은 없을 것이다. 그런 길이 열려도 그러고 싶지 않았다.

인류의 구원자를 모시는 게 타고난 운명이었을지도 모른다.

오오. 오딘이시여.

그때 한 사람이 찾아왔다.

엔젤라는 아니었다.

그 녀석 김지훈.

"길드장님. 앞으로 계획이 어떻게 되는지 알고 싶습니다."

태한은 어제 저녁까지만 해도 무력감에 찌들어 있었고 나이트 습격 당시에는 이대로 죽을 순 없다는 생각에만 잠식되어 있었다.

그러다 오딘에게서 한 줌의 빛이 보였다. 진실을 알게 된 다음부터는 그 빛이 걷잡을 수 없을 만큼 커져 자신을 덮쳐왔다.

그때부터 머리가 핑핑 돌아가기 시작했는데, 이 얍삽한 녀석이 이 와중에도 눈알을 굴리는 꼴을 보자니 더욱 정신이 드는 기분이었다.

"곧 중대 발표가 있을 것이다. 준비시켜."

태한은 태연하게 대답했다.

"기다리고 있겠습니다."

제거하지 못하고 오랫동안 소식이 끊겨 버렸던 녀석이었다.

그랬던 녀석이 당당히 본부에 입성했던 날, 내뱉은 말은 딱 하나였다.

오딘께서 본부로 보내서 왔다고.

정말 그게 전부였다.

본인을 제거하려 했던 일에 일언반구도 없었으며, 오딘께 지난 뒷조사를 고하겠다고 협박하는 일도 없었다.

하지만 언급하지만 않을 뿐 무언(無言)의 시위가 종종 있어 왔었다.

1막에서도 그랬듯이 사람 눈치나 슬슬 살피는 얼굴로 주변에서 얼쩡거리는 모습에는, 지원을 해 주지 않으면 언제라도 오딘께 일러바치겠다는 느낌이 다분했다.

약점을 잡힌 것이었다.

고작 저따위 녀석에게.

그래서 녀석이 시야에 잡힐 때면 언제나 부아가 치밀어 올랐다.

하지만 지금은?

화가 나지 않았다. 실로 거대한 세계를 영접한 직후였기 때문이었다.

녀석이 자신에게 굴었던 것과 자신이 인류의 구원자에게 굴었던 것에는 별반 차이가 없었다. 다 같이 못난 녀석들이다.

"그럼 가 봐."

태한이 말했다.

지훈은 의아한 시선으로 태한을 바라보다 몸을 돌렸다.

*　　　*　　　*

2막이 시작되기 전에 가졌던 대회에 비하면 끔찍하기 짝이 없었다.

이날 밤에도 있을 나이트 습격에 대비하여 부상자들은 회복에 주력하고 있던 때였다. 그래서 운집한 사람들은 많지 않았음에도 그곳은 불행과 공포를 전염시키는 바이러스가 퍼져 있는 공간이었다.

오늘 밤에는 누가 죽을지, 그런 계산들만 여기저기 얽혀 있었다.

태한이 급조된 단상에 올랐을 때에도 아무런 소리가 나오지 않았다. 전이었다면 '레볼—루!치온!' 하는 우렁찬 소리가 울렸을 것이다.

"나도 너희들과 같았다. 이게 뭔 짓거리인가 싶었다!"

그 말로 포문을 열었다.

"알다시피 나는 너희들보다 가진 게 많은 사람이다. 바깥에 돌아가면 일성의 수만 가족들이 나를 기다리고 있지."

귀를 기울이는 사람은 적었다.

뻔한 연설.

다들 합심하여 오늘 밤도 이겨 내자! 라고 끝나게 될 연설.

사람들에게 필요한 건 그런 게 아니었다. 태한 또한 힐끗힐끗 관심을 주는 뻔한 시선들을 향해 외쳤다.

"각성한 이후로도 나는 내 회사 생각뿐이었다. 너희들 중에서 어떤 놈들을 데리고 가야, 일성에 도움이 될까 그 생각뿐이었다. 하지만 오늘 나는 일성을 버렸다. 각성자 이태한이다. 너희들의 길드장 이태한이다!"

태한은 단상에서 내려와 운집한 사람들 사이를 거닐기 시작했다.

한 사람씩 눈을 마주치며, 그를 외면하고 있던 시선들을 잡아당겼다.

"말하지 않아도 다 들려! 어제 같은 퀘스트가 또 일어나면, 시스템이 또 농간을 부리면 아무 저항도 하지 못하고 개죽음당할 거라 생각하는 거 아니냐! 웃기지 마라. 되지도 않는 거짓말로 나도 오늘만 살아가고 싶지는 않다."

태한의 목소리는 점점 커졌다.

"내 목을 걸 수 있다. 다시 그런 퀘스트가 발생한다면 몬스터가 아니라 내 목을 잘라라. 저항 않고 내 목을 밀어 주지."

술렁임 없이 이태한의 목소리만 바람처럼 떠돌았다.

"하지만 퀘스트 '권좌'가 취소된 마당에, 길드장의 지위가 인계되는 일은 없을 것이다. 머리가 있다면 생각들 해봐라. 권좌가 왜 취소되었을까. 잠재적인 위협도, 암살도. 왜 모두 다 날아가 버렸을까. 나는 진실을 알아 버렸다. 이제 너희들에게도 그 진실을 공유하고자 한다. 우리 말고는 아무도 모를 진실을!"

시선을 집중시키는 데 성공한 태한은 단상 위로 돌아갔다.

"멍청한 녀석들을 위해 결론부터 들려주마. 우리 곁에 구원자가 계시다. 너희들이 눈도 마주치지 못하는 그분, 두려워서 쩔쩔맬 뿐 막상 그분의 위대한 업적은 생각지 못하고 공포의 대상으로만 여겨졌던 그분."

격앙된 태한의 얼굴이 붉게 타올랐다.

"오딘께서 다 없애셨다. 시스템의 악랄한 부분들은 종국에 지워 버리시고. 나머지 둠 카오스의 권능을 홀로 받아내고 계시단 말이다. 그것이 인간으로서 가능한 일인 것 같은가. 천만에. 신성(神性)의 영역인 것이다."

파앙—!

그 순간 태한이 외친 소리가 도시 전역으로 뻗쳐 나가는 듯했다.

"그런데 무엇이 두려운가. 우리는 이미 신성의 아래에 있는데!"

태한은 자신에게 쏠려 있는 시선들이 점점 뚜렷해지는 걸 느꼈다.

"오딘께서 시스템의 악행을 중단시키셨다. 오딘께서 결계를 파괴하실 것이다. 우리는 고작 이 도시 하나씩만 지키고 있으면 되는 것이다. 한시도 잊지 마라."

[길드: 길드장 이태한이 도시(길드 본부)를 '구원자
의 도시'라 명명 하였습니다.]

"우리는 신성이 머무는! 구원자의 땅을 딛고 있다!"
그때부터였다.

이태한이 직접적으로 유도하지 않았다. 레볼루치온의 경례법처럼 허공을 움켜쥐는 주먹들이 나타났지만, 구호가 달라져 있었다.

"오—딘!"

"오—딘!"

"오—딘!"

비로소 태한도 허공을 움켜쥘 수 있었다. 가슴이 벅차올라 전신이 떨려 오는 순간이었다.

태한은 힘껏 외쳤다.

"오—딘!"

Chapter 6.

이태한이 연설했던 자리에는 없었지만, 연설 내용만큼은 전 도시로 확산되어 있었다.

내게 신격을 부여하고 나를 숭배하게 함으로써 사람들을 고무시킨 것이었다.

큰 효과를 봤기 때문인지, 본인부터가 열성을 가지게 되었는지.

그는 한 번으로 끝내질 않았다.

그가 나이트 습격이 끝날 때마다 집회를 열고 목자처럼 행세한다는 걸, 자연스레 알게 되었다.

그리고 그 일은 이태한의 도시에서만 국한되는 게 아니

라 여섯 개 도시 전역에서 진행되고 있는 중이었다.

일정한 의례가 통일되지 않았을 뿐.

나를 숭배하는 교단이 만들어진 거나 다름없었다.

어떤 종교나 사상을 비판 없이 믿기만 하는 것을 광신이라 한다.

사람이 광신에 빠지면 어디까지 잔인하게 멍청해질 수있는지를 익히 겪어 왔었던 나였지만, 이태한이 주도하는일에 간섭하지 않았다.

할 수 없었다.

그에게 사실 하나를 밝혔을 때부터 각오했던 바.

차악일지언정, 일단은 모두가 살고 볼 일이었다.

도시가 하나라도 무너진다면 나부터가 끝장이니까.

길드 이상의 응집력이 필요한 때란 걸 인정해야만 했다.

신앙적 공동체를 이루는 한이 있더라도.

＊　　＊　　＊

신은 세 가지 방법으로 기도를 들어준다고 하였다.

하나는 바로 이뤄 주는 것이고, 다른 하나는 이뤄 주지않는 것이며, 마지막으로는 천천히 이뤄 주는 것으로.

'네가 기도한 것은 이미 받은 것으로 믿으라' 는 말씀은 거기에서 나왔다.

에리크는 옷 속으로 목걸이를 만지며 그의 신께 감사한 마음을 가졌다. 잃어버릴 때마다 새로 나무를 깎아 만들어 온 십자가 목걸이였다.

"모두 아는 바와 같이 구원자 오딘께서 6층 결계를 돌파하셨다. 이제 남은 결계는 단 1개 층으로 오늘 밤에 우리가……."

집회가 한창이었다. 도시 구성원 반절이 덴마크계이기도 해서, 이태한 옆에서는 통역관으로 덴마크 각성자가 붙어 있었다.

어쨌거나 에리크의 불만은 하나였다.

신의 이름이 퇴색되어 버린 세상이라고는 해도 마침내 구원자가 등장한 시기이지 않은가.

낮에는 홀로 전 도시의 결계에 도전하고, 밤에는 그분의 도시와 이웃 도시들의 나이트 습격를 방어해 주시는 한편.

둠 카오스라는 악마에 홀로 대적하시고 있는 그분 덕분에 종말로 치달을 무대가 안정을 찾아 가던 시기란 말이다.

이런 때에는 길드 지도부에서 단 한마디만 언급해 주면 믿음이 다시 도래할 수 있었다.

오딘은 전지전능하며 유일하신 우리의 신께서 보내 주신, 구원자라고 말이다. 우리를 구원하시기 위해 오딘을 보내셨노라고.

하지만 지도부에서는 그런 언급 하나 없이 오딘에 대한 찬양뿐이었다.

또 문제는 일반 각성자들도 마찬가지라는 데 있었다. 다들 오딘만 바라볼 뿐, 정작 오딘과 같은 구원자를 보내 준 분이 누구신지를 생각하지 않는다.

에리크는 참다못해 용기를 냈다.

이태한의 연설이 막 끝나며 다들 자리에서 일어나던 순간.

에리크가 크게 외친 말이 모두의 시선을 집중시켰다.

"이 많은 분들 중에서 크리스천이 한 명도 없습니까?"

이태한의 눈총에 의해서였다.

에리크는 자신이 누구인지를 밝혔다.

"에리크 한센이라고 합니다. 1막 3장에서 군나르손 님께 합류했었습니다."

애초부터 에리크에게는 논쟁을 하려는 의도가 빤히 보였기 때문에, 사람들의 시선은 싸늘함을 넘어서 공격적으로 변했다.

사람들은 이태한의 손끝을 바라보았다.

이태한의 손가락이 에리크를 가리킨다면 금방이라도 에리크를 잡도리할 눈빛도 함께였다.

그러나 이태한은 손가락을 뻗지 않고 담담한 목소리로 시작했다.

"죽어 천국에 가고 싶나? 누군가 내게 그렇게 묻는다면 '아니요. 발할라에 가고 싶습니다' 라고 대답할 것이다. 차라리 발할라가 존재한다는 걸 믿겠다."

"오딘의 이름 때문이십니까? 그 부분에 대해서는 제가 설명……."

에리크의 말이 채 끝나기 전.

"닥쳐."

이태한의 목소리가 날카롭게 뻗쳐 올랐다.

"발할라의 지배자가 전지전능하신 네 신이라고 말하고 싶은 건 아니겠지? 해 봐. 우리에게 부족한 건 웃음이잖나."

"그런 뜻으로 한 말이 아닙니다."

"다른 건 없어. 똑같은 말장난이다."

이태한은 피식 웃었다.

"모두들 잘 들어. 우리 레볼루치온은 길드원의 신앙까지 묵살할 마음은 없다. 그런 게 남아 있는 자가 얼마나 되겠냐마는 뭘 믿든 자유다. 하지만 어설프게 우리들의 결집을 해치려는 자는 간과할 수는 없다는 것이 우리 레볼루치온

의 결단! 혼자 속으로 끙끙대는 것까지는 내버려 두겠다는
거다. 그러나 그걸 공석까지 가져오지 마라."

"마지막으로 한 말씀만 드려도 되겠습니까?"

"신이 있다면 우리를 이 지경까지 만들지 않으셨을 거다.
오늘은 경고로 넘어가겠지만 두 번은 없다. 멍청한 녀석."

에리크는 속으로 외쳤다.

'아닙니다. 길드장님. 그래서 오딘을 보내신 겁니다.'

그러나 그 말을 입 밖으로 꺼내기에는 군중들이 자아내
는 분위기가 공포스러웠다. 자신만 크리스찬이었다. 결국
지금에 와서는……..

그때 사람들의 시선이 한쪽으로 쏠렸다.

도시 입구 쪽에서부터 빠른 잔영이 띄엄띄엄 사라지고
있었다.

잔영의 주인은 퀘스트를 주는 정령 앞에 서 있었다. 오딘
이었다.

에리크도 모두와 같은 경외 어린 시선으로 오딘을 바라
보았다.

멀리서 봐도 그분의 얼굴은 푸석푸석해 보였다.

뺨까지 내려온 다크서클이 짙고, 더럽게 굳은 핏물들이
머리끝부터 발끝까지 치덕치덕해 보였다.

개인 정비를 가질 수 없을 만큼 시간에 쫓기시는 것 같았

다.

식사는커녕 쪽잠이라도 가지고는 계시는 것일까.

하루도 빠짐없이 이 주째.

매번 비슷한 시각에 도시에 나타나 결계로 사라지신다.

흩어지는 잔영마저 오딘의 다급함이 물씬 담겨 있었다. 에리크는 오딘이 사라지고 남긴 잔영을 향해 속으로만 중얼거렸다.

성부와 성자와 성신의 이름으로 아멘.

'구원자 오딘을 축복하소서. 멈추지 않는 힘을 주소서.'

오늘도 구원자는 제 몸을 돌보지 않고 있었다.

*　　　*　　　*

레벨이 오를 때마다 체력을 우선적으로 올렸었다. 화력이 충분한 이상, 지구력이 필요했다.

그렇게 일찍이 첼린저 구간에서 이룰 수 있는 체력 부분의 한계까지 찍었음에도 불구하고 최근 들어 수면 부족에 시달렸다.

한 달이었다.

그 기간 내내 열정자 7단계를 유지하기 위해서 쪽잠은 1시간 내외에서 그쳐야 했다.

제시간에 나를 깨워 줄 사람이 필요했는데 물론 성일이었다.

이렇게까지 내 몸과 정신을 극한치까지 몰아세웠던 적은 없었다.

죽은 자들의 대지에서조차 수면 시간만큼은 확보하기 위해 최선을 다했던 나였다.

그 날도 정말 아슬아슬했다.

웅웅!

나를 휘감은 강력한 풍압에 간신히 눈이 떠졌다. 세상이 핑글핑글 돌았다.

"겁나게 안 깨어나길래 어쩔 수 없었으."

성일이 나를 조심스레 내려놓으며 말했다.

성일의 사투리도, 그가 나를 안쓰럽게 쳐다보는 시선도 나를 괴롭혀 댔다.

관자놀이를 찔러 들어온다. 머리 전체를 지끈거리게 만든다. 고통스럽게 곤두선 신경들이 청명한 하늘조차 불쾌하게 만들고 있는 것이었다.

지금 입을 열면 뻔했다.

신경질뿐인 말이 튀어나와 성일의 얼굴을 굳히게 만들 테지.

빌어먹을 부아가 치미는 걸 꾹 참고 몸을 일으켰다.

그때 성일은 미리 준비해 두었던 물통을 내밀었으나 역시나 미지근했다.

정신을 바짝 들게 만들기는커녕, 불쾌감만 더 키울 뿐이었다.

맞다. 틀림없는 사실이다.

나는 자야 한다.

수마(睡魔)가 원래도 엿 같았던 내 인성을 갉아 먹고 있다.

그나마 오늘로 7층 결계의 마지막 남은 퀘스트들을 다 해치우며 빛 기둥에 도달할 수 있게 된다는 생각에 몸을 일으켰다.

나를 움직이는 게 만드는 건 그 일념 하나밖에 없는 것이다.

2막 1장을 최대한 빨리 끝내는 것. 본 무대의 피해를 최소화시키는 것.

그래서 경험치가 미친 듯이 쌓이다 못해 폭발하면서 이뤄진 레벨 업이나 4층 결계부터 획득한 마스터 박스들 그리고 오늘 획득하게 될 첼린저 박스도.

광신자가 되어 버린 것들의 경외 어린 시선, 오늘도 보였던 성일의 처량한 눈빛까지도.

그 어떤 것 하나 도움이 되지 않는다.

나의 숭배자들 또한 내게 어떤 말도 걸지 말고 내가 이뤄 주는 것에나 기대하고 있는 게, 날 도와주는 것이란 말이다.

하지만 모두들 오늘이 2막 1장의 마지막이 될 거라는 걸 직감했던 것 같았다.

가는 도시마다 함성이 잦아들지 않았다. 곤두선 신경으로 굳어진 내 얼굴이 그것들에게는 장엄해 보였던 것 같다. 소음만 커졌다.

"오―딘!"

"오―딘!"

"오―딘!"

2막 1장은 지긋지긋하고 고통스런 무대.

모두가 이번 무대가 빨리 끝나길 바라겠지만 나보다 이상은 있을 수 없다.

[7층 결계가 파괴 되었습니다.]

마지막 구역의 결계를 깨트린 순간.

괴수 하나가 괴성을 지르며 졸개들을 데리고 튀어나왔다.

2막 1장의 보스 몬스터라고 등장한 녀석이지만, 정예들로 운집된 군단급으로 대항하라고 존재하는 녀석이지만.

수마(睡魔)에 사로잡힌 내게서 역경자조차 띄우지 못하고 있었다.

비몽사몽 중에도 반사적인 움직임들이 전신에 녹아 있었다. 그때는 무엇인가가 나를 대상으로 매크로를 돌려 버린 듯했다.

생각보다 먼저 일어나는 움직임이 자연스러웠다. 불필요한 동작 없이.

스킬을 제때에 사용하는 것도 감각의 영역 안에 속해 있었다. 한 치의 오차도 없이.

그것은 문득 정신이 바짝 들 만큼 신비로운 경험이었다.

창을 띄우지 않아도 어림잡아 시전하지 않아도, 아이템과 특성 등의 효과로 줄어든 재사용 시간이 느낌으로만 파악된다. 내 남은 방어력과 스킬들의 최대 공격 거리까지도.

일악 같은 새끼들이 도달했다던 재각성의 경지가 이를 말하리라.

온몸의 근육과 뇌리로 누적되어 온 전투들.

그것들이 극한 상태와 맞물린 결과일까. 뜻밖의 경지로 나를 도약시킨 것만은 분명했다.

시스템의 체계를 한 몸에 녹여 버린 것 같은 느낌이어서 혼연일체(渾然一體) 혹은 물아일체(物我一體)라는 말이 더 제격이라고 느꼈다.

하지만 그 순간에도 지독한 피로감이 달라붙어 있었다.

그래서 빨리 끝내고 잠이나 퍼 자고 싶다, 라는 마음이

더 컸다. 재각성의 경지가 뭐든지 간에 기계적으로 움직일
뿐이었다.

이윽고 데비의 칼날이 녀석의 대가리를 훔쳐 냈다.

그 대가리의 주인조차 무슨 일이 벌어졌는지 알 수 없는
속도로.

싹둑―!

거대한 몸이 느릿하게 기울다가 대지에 곤두박질쳤다.

[퀘스트 '빛 기둥의 수호자'를 완료 하였습니다.]

[7층 결계를 파괴 하였습니다.]

솟구쳤던 핏물이 소나비처럼 떨어지는 걸 맞으며.

개 같은 최종 메시지를 마침내 보았다.

[레벨 업 하였습니다.]

[레벨: 534]

[둠 맨의 탄생 (1) : 534 /561]

[최초 완료 보상으로 첼린저 박스를 획득 하였습니
다.]

지금 내 상황에선 아이템이 먼저다.

라의 태양 망토처럼 본 시대에서는 볼 수 없었던 물건이
길 바란다.

그것으로 지난 나의 고행을 달래 주었으면 한다.

빌어먹을 시스템 새끼에게 양심이란 게 있다면.

듣고 있냐?

내 무대의 사람들이 네놈 대신 나를 숭배하고 있다고 해서!

그래서 개 같은 걸 내놓는다면 나도 네놈한테 똑같이 굴
어 줄 수 있다.

그 이전에 생각해 봐라.

내가 네놈에게 무엇을 해 줬었는지, 해 주고 있는지를 말
이다. 전 각성자를 통틀어 누가 네놈의 목적을 이뤄 주고
있는지도.

[첼린저 박스(아이템)을 개봉 합니다.]

그러니 내놓아라.

주력으로 쓸 수 있는 것을 어서!

[오딘의 황금 갑옷을 획득 하였습니다.]

[오딘의 황금 갑옷 — 폭풍의 신 (아이템)

아이템 등급: S

아이템 레벨: 620

효과: 죽음의 신, 전투의 신, 전쟁의 신으로 변환 가
능. 민첩 + 50.

스킬 '오딘의 분노'와 결합 시, 오딘의 분노를 '오딘의
벼락 폭풍'으로 강화 가능.

물리 방어력 : 20000 / 20000

마법 방어력 : 20000 / 20000]

620레벨이라는 엄청난 레벨인 것보다. 물리 방어력과 마
법 방어력의 합산치가 처음 보는 수치인 4만 대인 것보다도.

일단 네 가지 변환식을 담고 있다는 점에 눈길이 갔다.

어쭙잖게 가짓수만 늘려서는 라의 태양 망토보다 못할
터.

하지만 라의 태양 망토를 초과하는 레벨인 데에는 그럴
만한 이유가 있을 것이다.

데비의 칼이 무려 7개 형식으로 변환 가능 하면서도 변
환식 하나하나가 독창적으로 강력했기 때문에 일선(一善)을
일선으로 만들어 줬듯이, 이 아이템 또한 600대 레벨을 달
고 나온 까닭이 있어야 한다는 것이다.

그렇지 않고서야 시스템의 농간이다. 눈 가리고 아웅 하는.

아이템을 시험할 수 있는 환경은 이미 조성되어 있었다. 주변에는 아무도 없고 거대한 시체들만 도처에 깔려 있다.

육감을 움직였다.

[오딘의 분노가 오딘의 벼락 폭풍으로 강화 되었습니다.]

[오딘의 벼락 폭풍 (스킬)

스킬 등급: S

효과: 폭풍을 동반하는 전격(電擊)의 힘을 원하는 대상에게 부여 합니다.

숙련도: LV.7 — 0.02%

지속 시간: 3시간

재사용 시간: 12시간]

내가 바로 폭풍의 중심이었다.

휘아아악—!

귀곡성(鬼哭聲)과도 같은 소리와 함께 강풍이 일었다.

이미 최종 보스전으로 온전한 나무 하나 바위 하나 없었는데, 잿더미로 변해 있던 그것들이 흙먼지와 함께 밀려 나갔다.

특히 내 주위로는 소용돌이가 일어 바닥에 깔려 있던 몬스터 시체들을 휩쓸어 올렸다.

빛 기둥의 수호자라는 거창한 이름을 달고 나온 괴수도 함께였다.

거대 괴수의 죽은 몸뚱아리가 벼락 줄기들에게 갈가리 찢겨져 갔다. 그것이 터져 나가며 쏟아져 버린 핏물들도 마찬가지.

본래부터 굉장한 양이 품어져 있던 까닭에, 핏물은 줄기를 이루며 팽이처럼 회전하기 시작했다.

오딘의 분노를 다스렸던 느낌과 별반 차이가 있지 않았다.

사방을 밀어붙이는 강풍의 세기, 나를 중심으로 일어난 소용돌이의 크기, 그리고 거기에 스며들어 있는 온갖 뇌력 줄기들의 파괴력까지.

자유자재로 운용해 보고 나서 스위치를 껐다.

시험이 끝났다.

그러자 휘감아 돌던 온갖 불순물들이 핏물과 함께 쏟아져 내렸다.

쏴아아.

더러운 핏물들이 곤두박질치는 광경은 흡사 폭포와 같았

다. 그런 다음에야 그것들이 내 무릎을 스치며 경사면을 따라 흘렀다.

숙련도 7레벨, 오딘의 벼락 폭풍을 뚫고 살아 돌아올 수 있는 자는 본 시대에서도 손에 꼽을 것 같았다.

팔악 팔선의 최고 전성기 시절.

리빌딩을 끝내 S급 스킬들에 S급 아이템을 완전히 갖춘 상태에서도.

역경자를 터트린 일악, 해골 용을 탄 삼악, 제우스의 뇌신 창 효과를 방어막 삼은 사악, 주인의 의지를 받든 오악의 소환물 진, 광기에 육신을 빼앗긴 사선 정도?

만일 오딘의 분노의 본 주인이었던 육선 녀석이 이 아이템을 띄웠더라면 일선과 제 세력층의 최고 자리를 다툴 수 있었을 만큼.

오딘의 벼락 폭풍은 그런 결과를 보여 주었다.

억겁의 시간 동안 봉인되어 있었던 폭풍 신이 눈을 뜬 듯한!

그래서다.

하물며 숙련도 8레벨까지 도달하면 어디까지 확장될 것인가.

오딘의 분노를 보유하고 있는 이상, 변환식 폭풍의 신은 합격이다.

다음!

　[오딘의 황금 갑옷(폭풍의 신)이 오딘의 황금 갑옷
(죽음의 신)으로 변환 되었습니다.]
　[오딘의 벼락 폭풍이 오딘의 분노로 저하 되었습니
다.]

　[오딘의 황금 갑옷 ― 죽음의 신 (아이템)
　아이템 등급: S
　아이템 레벨: 620
　효과: 폭풍의 신, 전투의 신, 전쟁의 신으로 변환 가
능. 근력 + 50
　스킬 '오딘의 심판'과 결합 시, 오딘의 심판을 '오딘의
도륙'으로 강화 가능.
　물리 방어력 : 20000 / 20000
　마법 방어력 : 20000 / 20000]

　동일한 코드명을 굽히지 않다가 결국 육선 녀석에게 죽
임을 당했던 녀석에게 그 스킬이 있긴 했다.
　오딘의 심판.
　살상에 특화된 죽음 계열의 스킬을 보유하고도 육선 녀

석에게 진 까닭은 다른 게 아니었다. 승패가 스킬 하나로만 결정됐던 게 아니기 때문.

변환식 죽음의 신은 오딘의 심판을 입수하기 전까지는 불합격이다.

다음!

[오딘의 황금 갑옷(죽음의 신)이 오딘의 황금 갑옷 (전투의 신)으로 변환 되었습니다.]

[오딘의 황금 갑옷 — 전투의 신 (아이템)

아이템 등급: S

아이템 레벨: 620

효과: 폭풍의 신, 죽음의 신, 전쟁의 신으로 변환 가능. 체력 + 50

사용 시, 사용자의 레벨 구간에 따라 발키리 소환 (브론즈: 1개체, 실버: 2개체, 골드: 3개체, 플래티넘: 4개체, 다이아: 5개체, 마스터: 6개체, 첼린저: 7개체)

마법 방어력 : 40000 / 40000

지속 시간: 2시간

재사용 시간: 7일 (11시간 50분 12초 남음)]

현(顯) 오딘의 분노의 재사용 시간만큼이었다. 아이템 재사용 시간이 그것과 결부되어 있었다.

[재사용 시간: 7일 (11시간 50분 11초 남음)]
[재사용 시간: 7일 (11시간 50분 10초 남음)]

재사용 시간에 걸렸지만 상관없다. 소환물 발키리에 대한 정보는 확인이 가능하니.

[발키리 (소환물)
주신인 오딘을 섬기는 싸움의 처녀입니다. 영체(靈體)의 특성상 모든 물리 공격에 면역이 되며, 처녀의 공격은 마법 피해를 입힙니다.
등급: A]

어떤 용도로 쓰이는 변환식인지 바로 눈치챘다. 발키리는 공격용일 수도 있겠지만, 물리 공격에 있어서는 절대 부서지지 않는 방패와도 같은 성격을 띤다.
해서 발키리들을 선두에 포진시켜 물리 공격의 방패로 활용하되, 다른 마법 공격들은 변환식에 부여된 마법 방어력 4만으로 상쇄시키라는 뜻이다.

내가 저열한 구간의 각성자였다면 최고의 아이템일 수 있었다.

그래서다.

변환식 전투의 신은 불합격. 칠마제 급의 존재들에게 대적하려면 A급 소환물이 아니라 오악(五惡)의 진 같은 게 있어도 도움이 될까 말까다.

즉, 여기까지는 폭풍의 신을 유지하고 있는 게 최선이라는 것이다.

다음!

[오딘의 황금 갑옷(전투의 신)이 오딘의 황금 갑옷 (전쟁의 신)으로 변환 되었습니다.]

[오딘의 황금 갑옷 — 전쟁의 신 (아이템)
아이템 등급: S
아이템 레벨: 620
효과: 폭풍의 신, 죽음의 신, 전투의 신으로 변환 가능. 근력 + 50
사용 시, '오딘의 절대 전장' 개방.
물리 방어력 : 40000 / 40000
지속 시간: 2시간

재사용 시간: 7일 (11시간 50분 1초 남음)]

[오딘의 절대 전장 (구역)

독립된 시공을 개방 시킵니다.

 * 사용자가 죽거나 지속 시간이 끝날 때까지 유지 되
는 구역입니다.

 * 권역 내 지형지물이 동일하게 복사 됩니다.

 * 권역 내 생명체들이 전부 이동 됩니다.]

……그랬나.

아이템 레벨이 무려 620레벨에 달하는 까닭은 바로 이것
때문이다.

오딘의 절대 전장.

변환식 폭풍의 신과 죽음의 신은 특정 스킬을 보유할 경
우에만 강력한 위력으로 파생되지만 변환식 전쟁의 신은
그 자체만으로도 시공을 다루는 공능이 깃들어져 있었다.

이건 1000레벨을 붙여도 손색이 없는 물건이다. 나한테
만큼은!

바깥으로 돌아간 후에도 고등급의 게이트 전투를 의식할
필요가 없어졌기 때문이었다.

군단급 몬스터들이 게이트를 열고 나타나면? 사전에 당

도해서 절대 전장을 개방시키면 된다.

그럼 우리의 터전은 더 이상 전장이 아니게 되는 것이다.

*　　　*　　　*ᴗ

활력이 감돈다고 느끼는 건 그저 기분뿐일 수 있었다. 하지만 몸은 여전히 무거울지언정, 미친 듯이 쏟아져 왔던 졸음만큼은 떨어져 나갔다.

갓 눈을 떠서 냉수를 들이켰을 때와 같았다.

냉수가 목구멍을 타고 흘러가 위장에 고여 온갖 모세혈관 쪽으로 한기를 이동시키는 게 느껴지다시피 할 때처럼.

희락. 안도.

물론 감정이라는 게 실체는 없지만, 그것들이 가슴 한구석부터 퍼져 나가는 느낌들이 분명히 들었다.

짧은 웃음이 터져 나온다.

동시에 바깥에서도 가능해진 일들이 뇌리를 스쳐 댔다.

오딘의 황금 갑옷은 지난 한 달간의 고행을 위로받기에 충분한 물건이었다. 2막 2장이 시작되기까지의 준비 기간 동안 매일 밤 베개를 삼아도 부족함이 없는 물건이었다.

제일 애착을 가지게 될 보물이라는 걸 확신할 수 있었다.

때문에 빛 기둥에서부터 퍼져 나오는 빛이 더는 짜증 나지 않았다.

나를 열렬히 환영하는 빛으로 느껴졌다. 끔찍한 고통이 기다리고 있어도 그렇게 보였다.

거기로 걸어갔다.

오늘은 전리품을 수거하는 날이다. 2막의 1장의 히든 보상도.

빛 기둥 앞에 도달했을 때 두 개의 메시지와 창이 연달아 떴다.

[빛 기둥을 파괴 하시겠습니까?]

[탐험자가 발동 하였습니다.]

[빛 기둥 특전에 대하여 (탐험자 보상)

이 땅의 문명은 오래전에 멸망 하였습니다. 그러나 이 땅의 생명력은 지금까지도 잔존해 끊임없이 빨려 들어가고 있습니다.

이 땅의 생명력은 둠 카오스에게, 결계에서 희생된 자들의 영혼은 둠 아루쿠다에게, 생명력을 잃은 대지는 둠 엔테과스토에게 영속될 것입니다.]

둠 카오스와 휘하 군주들은 더 이상 굵은 글자로 표기되지 않는다.

영향력을 잃었을 때부터.

　[하지만 명심하십시오. 빛 기둥은 둠 카오스의 권능
과 이 땅의 생명력이 결집되며 만들어진 강력한 형상입
니다. 접근하지 말고 해체하는 것이 바람직 합니다만,
빛 기둥에 도달한 4순위에 한하여 빛기둥 특전을 진행
할 수 있습니다.

　내용: 빛기둥 내의 고통을 견뎌 내는 데 성공할 시,
인장 '빛 기둥'을 획득 합니다.

　[진행된 특전
　1. 2회차
　2. 뭉족]

탐험자 특성으로 먼저 띄워졌지만, 이것이 2막 1장의 히
든 보상.

레볼루치온 대(大) 유럽 항쟁에서 팔선 세력에게 승리를
가져다준 '빛 기둥' 이 여기서 나왔다. 칠마제 군단에게 쓰
라고 안배된 것을 같은 동족에 썼던 것이다. 빌어먹을 새끼
들.

어쨌든 인장 빛 기둥은 3막 최종장에서 반드시 필요한
물건이 되었다.

시작의 장이 우리를 훈련시키는 무대가 아니라 이미 병
사로 진입되어져 온 전장이라는 점에서는 더욱이 말이다.

돌이켜 보건대 3막 최종장은 우리 인류의 패배였다.

본 시대에서는 3막의 최종장이 안식의 장으로 넘어가는
마지막 단계로만 알려졌지만, 나만큼은 진실을 알고 있다.

3막 최종장은 시스템이 우리를 시작의 장에 보내온 진짜
이유다.

그때 최대의 전장이 펼쳐진다.

빛 기둥을 확보한다면, 우리 전 각성자들을 수난으로 빠트
렸던 2막 1장을 도리어 칠마제 군단들이 겪어야 할 것이다.

[빛 기둥 특전을 진행 하시겠습니까?]

지금껏 수많은 고통을 겪어 왔었으나 그 어떤 것도 어머
니의 산도를 통과할 때와 비견되지 않았다.

역경을 견뎌 냈기 때문에 역경자인 나다. 빛 기둥이라고
두려울 리가.

진행하자마자였다.

빛 기둥에서 퍼져 나온 빛 무리가 와락 덮쳐 왔다.

어머니의 포궁(胞宮) 안에서는 비명을 질러선 안 됐지만 여기서는 괜찮…….

"으아아아아악!"

＊　　　＊　　　＊

2막 1장이 시작되던 당시.

인도관이 들려주길, 빛 기둥에는 각성자들을 약화시키는 힘들이 단계적으로 내포되어 있다고 했었다.

하지만 제한 시간이 뜨기도 전에, 도시 하나 파괴된 게 없어서 그게 어떤 식으로 진행되는 것인지는 경험해 보지 못했다.

잘 방어했고 잘 깨트렸다.

7층 결계의 보스 몬스터, 빛 기둥의 수호자.

그 거대한 지네 괴수를 상대할 때는 많은 희생이 있었지만. 그래도 자신이 속한 길드가 다른 어떤 무대의 길드보다 훌륭하게 퀘스트를 완수했을 거라는 데에는, 확신이 있었다.

'최강은 우리 프랑크 길드지.'

베일은 곡주 거품이 묻은 입가를 쓱 닦으며 말했다.

"맛이 매일 같이 좋아진단 말이야. 그런 스킬이 따로 있는 게 아닌가?"

"말씀만이라도 감사합니다."

그때 길드 회관에서 호출이 있었다.

"아쉽지만 이만 일어나야겠군."

베일이 자신의 이름이 박힌 도시에서 길드 수도로 거주 지역을 옮겼을 때는 빛 기둥을 파괴하며 나이트 습격 또한 멈춘 이후였다.

수도의 시청.

그러니까 길드 회관으로 향하는 동안 베일을 알아본 사람들의 경례가 쏟아졌다. 아직까지도 생산과 서비스 활동에만 몰두하며 전투와는 담을 쌓고 있는 자들도 베일을 알아보았다.

베일 군단의 군단장. 도시 베일의 시장.

그 베일 드롱을 모르는 이는 없다.

남아프리카공화국 태생의 각성자들에게도, 멕시코 태생의 각성자들에게도 베일은 반드시 알고 있어야 할 길드 지도층 인사였다.

베일은 그를 향한 경외 어린 시선을 끝까지 달고서 길드 회관에 도착했다.

이날에도 위대한 길드장 옆에선 인도관이 애교스러운 날갯짓을 하고 있었다.

시스템은 자율적인 체계 아래 부족한 점을 고쳐 왔다.

랜덤으로만 작용했던 부분들을, 직관적이지 못했던 정보 창들을, 레벨제에 비해 상대적으로 의욕을 저하시켰던 등급제를.

그리고 메시지로 띄우지는 않았지만, 인도관의 붉은 악행도 결국 고쳐지고 말았는지, 2막 1장의 초기에 이르러서는 악의적인 퀘스트들이 일제히 취소되었다. 인도관 또한 언제나 푸른 빛깔을 띨 뿐이었다.

이제는 인도관 앞에 설 때에도 긴장하지 않을 수 있었다.

[피터팬]의 팅커벨과도 닮아 있는 정령의 아름다움을 마음 놓고 만끽하면 됐다. 가뜩이나 정령은 평소보다 싱그러운 미소를 달고 있었다.

그러니 긴장을 유지해야 하는 이유는 하나였다.

길드장.

첼린저 박스에서 S급 스킬을 띄운 이후로, 그분을 부르는 명칭이 통일되었다.

"위대한 인드라!"

그때만큼은 이미 실내에 있던 모든 사람들도 다시, 베일과 함께 인드라에게 경례를 붙였다.

길드장은 원체 말이 없는 분이시다. 직접 지시를 내리기보단 수하들이 알아서 당신께서 내리실 지시를 생각하길 원하는 분이시다.

베일이 말했다.

"더미(Dummy)들을 준비해 놓겠습니다."

더미는 지난 나이트 습격들에서 포획한 몬스터들을 일컫는 단어다.

위대한 인드라 님의 스킬 숙련도를 위한 훈련용 몬스터.

베일이 맡고 있는 업무 중 하나였다.

친위대를 제외하고 나면 위대한 인드라 님이 획득한 스킬에 대해 아는 이는 단둘뿐이었다.

인드라 님께선 스킬의 숙련 레벨을 높이고 더욱 자유자재로 쓰실 수 있게 되었을 때, 당신의 위력을 세상에 공표할 생각인 것 같았다.

왜 당신께서 인드라라 불리고 있는지를 말이다.

'인드라의 칼날······.'

베일은 그가 섬기는 사내의 몸에서 일직선으로 뻗어 나온 푸른 줄기를 볼 때면 경외감이 일었다.

자신도 신의 이름이 붙은 스킬을 보유하고 있지만, 차이가 확연했다.

인드라의 칼날은 역시 첼린저 박스에서 나온 S급 스킬이었다.

과연 인도 신화에서 전쟁과 천둥 번개를 관장하는 신들

의 제왕급다웠다.

아직은 숙련 레벨이 미약함에도, 중체 그라프 정도는 우스웠다.

단일 대상에 한하여 뇌전(雷電)의 파괴력을 집중시킨다. 보스급 몬스터에게도 효과적일 테지만, 혹여나 반심을 품고 있는 것들에게 공포를 심어 주기에도 제격인 스킬이었다.

숙련 레벨을 조금만 더 올리시면.

그럼 저 벼락 줄기에 꽂히는 순간, 어떤 군단장들도 저항할 수 없게 되는 것이다.

즉 집행자의 벼락인 것이다. 위대한 인드라 님의.

*   *   *

시간이 지난 어느 날.

[좋아요. 좋아요. 예~ ⟩(ﾟ ▽ ﾟ)]

길드장의 소환물처럼, 그 곁을 떠나지 않고 있는 정령을 향해 군단장들의 시선이 몰렸다. 베일도 그 자리에 있었다.

[저 루―사르가 무려 2막의 2장의 인도관으로까지
승급된 건 여러분, 프랑크 길드 덕분이랍니다.]

사족이 길어지고 있었다.

그래도 모두는 인도관의 목소리, 그 메시지에 집중해야
만 했다.

다음 장으로 가는 준비 기간 동안에 다른 무대의 그룹들
과 한 무대를 공유하게 되고, 그 기간 동안에 무대의 주인
이 결정되어 왔기 때문이었다.

곧 합쳐질 다른 세력들은 2막 1장을 통과한 세력들이다.

그 이전에도 1막의 갖은 세력들을 통일한 세력이 될 것
이다.

다만 어떤 세력과 충돌하게 되든, 지금껏 그래 왔듯이 주
도권을 잃진 않을 것이다. 베일은 그것만큼은 자부할 수 있
었다.

창 하나가 시야를 비집고 나타났다.

[1진영: 프랑크 ― 56,221 명

2진영: 캣 푸드 웨어하우스 ― 43,904 명

3진영: 세계 각성자 협회(3) ― 34,811 명

4진영: 신(新) 삼합회 ― 29, 629 명

5진영: 레볼루치온 (12) ― 9,500명]

[무대가 확장되는 규모와 진행 방식은 1막 2장과 동일해요. 이미 겪어 보셨으니 길게 설명은 드리지 않겠어요. 중앙 지역에서 시작하시게 된 프랑크 길드 여러분들에게 특혜가 필요하다는 건, 다른 무대 분들도 인정하실 거예요.]

'역시 우리가 1진영이군⋯⋯.'

[프랑크 길드의 공격대장들께는 플래티넘 박스가, 군단장들께는 다이아 박스가, 길드장께는 마스터 박스가 지급 됩니다. 미룰 게 뭐 있나요. 지금 쏠게요.]

박스는 언제나 환영이다.

하지만 1막 2장에서 중앙 무대로 채택되며 지급되었던 박스 중에선 저주가 튀어나오는 경우가 더러 있었다.

베일을 비롯한 전부는 당시를 떠올리며 박스를 개봉하는 걸 꺼려 했다.

[저주 때문에 그러시는구나. 그런 일은 이젠 일어나

지 않아요. 저희라고 여러분들이 저주에 시달리는 걸 즐기겠어요? 그런 과거는 끝났어요. 믿고 선택해 주세요. 아이템, 스킬, 인장. 여러분들의 취향대로.]

진짜였다.

박스에서 저주가 튀어나왔다는 보고가 없었다.

게다가 1막 최종장에서 2막으로 넘어가는 준비 기간 동안에는 '잠재적인 위협'이라는 퀘스트로 하여금 각성자들 서로를 사냥감으로 보게 만들었었지만, 이번에는 그런 악행 따윈 일어나지 않았다.

정말로 인도관은 순수하게 박스만 지급하고 떠난 것이었다.

시스템이 완벽하게 고쳐진 게 틀림없어졌다. 심증이 확신이 된 것인데, 마냥 기뻐하기에는 당장 닥친 사안들이 시급했다.

"2진영 캣 푸드 웨어 하우스. 고양이 사료 창고. 우스꽝스러운 이름과는 달리 무시해서는 안 될 숫자입니다. 놈들과 일시적으로 동맹을 맺어 이하 세력들을 합병시키는 것이 우리로서는 최선이겠으나, 놈들이 그걸 수락할 가능성은 전무할 테지요."

"3진영 세계 각성자 협회(3)이 진짜인지, 또 그 위상만

빌려 쓴 사기꾼 새끼들인지부터 파악해야 합니다."

"4진영 신 삼합회처럼 국제 범죄 조직의 이름을 차용하고 있는 것들은 지배 구조나 길드 성격이 뻔한 놈들입니다."

"5진영 레볼루치온(12)는 2막 1장을 간신히 통과한 것 같습니다만 그들의 중복 넘버링에 주목해야 합니다. 독일계. 중복 넘버링이 달릴 만큼 흔히 쓰이는 단어가 아닙니다."

프랑크 길드의 군단장들은 심각했다.

1막 2장에서 누구는 중앙 무대 출신으로 방어를 한 바 있었고 또 누구는 공격자의 입장에서도 있었다.

그래서 아는 것이었다.

아무런 방안 없이 다음 장이 펼쳐지길 기다리기만 한다면 결국엔 네 개 진영이 중앙을 향해 진출해 온다는 것을 말이다.

그때 베일이 길드장을 향해 말했다.

"위대한 인드라. 저 베일은 레볼루치온(12)의 동태를 확인하고 싶습니다."

가장 열악한 세력부터 포섭할 생각이었다. 기껏해야 1만이 안 되는 수.

공을 세울 수 있는 기회기도 했지만, 레볼루치온(12)에

두자릿수 넘버링이 달린 까닭도 제 눈으로 직접 확인하고
싶었다.

포섭과 확인. 위대한 인드라께서도 그걸 바라시고 계실
것이다.

베일은 허가가 떨어진 즉시 바로 일에 착수했다. 북쪽이
그들이 지역이라는 것이 파악된 후에는 조금도 지체하지
않았다.

행여나 그들과 충돌이 있어도 몸을 뺄 자신 정도는 있었
다.

그래서 한 개 공격대만 차출했다.

*　　　*　　　*

[레볼루치온(12)의 영토에 진입 하였습니다.]

북쪽.

베일은 그의 공격대와 함께 나이트 습격의 근원지를 뚫
고 나왔다.

첫인상은 2막 1장을 간신히 통과한 길드의 영토답다는
것이었다. 안전 지대까지 내려왔음에도 사람 하나 보이지
않았다.

'9500명. 여기선 겨우 그것밖에 생존하지 못했다. 2막 1장을 통과하지 못했을 무대도 있을 테니 그나마 낫다고 봐야 하는가.'

죽음의 기운만 물씬 풍길 뿐, 척박하기 그지없는 땅이었다.

다른 길드의 상황을 완벽했던 자신의 길드와 무턱대고 비교할 순 없지만, 소중한 곡물을 재배하는 이 하나 보이지 않는다는 것부터가 여기의 상황을 말해 주고 있었다.

이래서 리더 그룹을 잘 만나야 하는 것이다.

보라.

리더 그룹의 역량에 따라 생존자의 수가 확연히 차이나 버린 것을.

쯧쯧.

"따로 지시가 있을 때까지 공격적인 행동은 삼가라."

"옛."

잠시 후였다. 땅에 반쯤 박혀 있는 두개골이 눈에 띄었다.

동족의 것은 아니었다. 그렇다고 1막의 크시포스나 그라프 일족의 어머니들 같은 것도 아니었다.

양 갈래로 위협적인 뿔이 박혀 있는 그것은 소의 두개골로 보였다.

주변으로 이족 보행을 추정할 수 있는 해골들이 연달아 발견되면서 그것들이 어떤 몬스터가 죽어 남긴 것임을 유추할 수 있었다.

살아 있을 적에는 어쩐지 미노타우로스 같은 형태를 띠고 있었을 것 같았다.

'처음 보는데?'

베일이 그의 심복에게 턱짓해 보이자, 그쪽에서도 고개가 저어져서 나왔다.

나아갈수록 동일한 해골들이 자주 보였다. 대신 그라프 일족의 딱딱한 껍질 같은 것은 아예 찾아볼 수도 없었다.

'여긴 다른 몬스터들을 상대했던 건가. 저급해 보이는군.'

2막 1장의 그라프 일족은 1막의 크시포스 군단과는 차원이 다른 놈들이었다.

외형부터가 역겨운 것들일 뿐더러, 중체 그라프까지 넘어가면 크기가 압도적으로 커졌다. 그런 것들을 수도 없이 부리는 어머니와 아버지라는 몬스터들은 두말할 것도 없었다.

'이런 걸 상대하고도 전멸이나 다름없는 처지란 말이냐.'

레볼루치온(12)는 한심한 집단이었다. 만일 자신의 길드가 그런 특혜를 입었다면 6만 이상의 생존자를 끌어왔을 것이다.

이윽고 도시 하나가 눈에 들어왔다. 외벽을 두텁게 세운 그 앞에도 사람이 왕래하고 있는 흔적은 조금도 없었다.

그렇게 처음에는 일반적인 외벽인 줄로만 알았다. 거리가 좁혀지면서 제대로 보였다.

외벽처럼 구성되긴 했는데 시스템을 이용해서 만든 게 아니다.

전부 다 몬스터들의 뼈였다.

2막 1장까지 살아오면서 더는 놀랄 일이 없다고 생각했던 것도 그때 무너졌다.

수를 헤아릴 수 없을 정도로 많은 거칠고 두꺼운 뼈들은 암울한 그림자를 기울이며, 경고를 보내오고 있었다.

접근하지 마라.

도시의 이름부터가 그랬다.

[도시: 출입 금지　　방어 레벨: 1
관할: 레볼루치온(12)　거주민: 1명
시장: 권성일]

출입 금지.

베일은 어처구니가 없었다.

주변의 음산한 분위기와 도시의 외관에 잠시 위축되었던 것이 부끄러울 지경이었다.

'방어 레벨이 1?'

이런 도시가 여태껏 파괴되지 않고 잔존해 있는 것이야 말로.

그렇다. 기적인 것이다.

Chapter 7.

　도시의 그로테스크한 모습을 제외하고 본다면.

　이 도시 출입 금지는 빛 기둥을 파괴시킨 후에 버려진 도
시로 보였다.

　도시 안으로 보이는 건물들도 저 멀리 시청을 제외하고
는 온전한 게 없었다.

　9천밖에 안 되는 생존자 수.

　자신이 여기의 길드장이라고 해도 다른 세력들의 침공에
대비하여 한 도시로 병력과 물자를 집중시켰을 것 같았다.

　"둘러보는 게 좋겠습니다."

　베일의 측근이 말했다.

베일도 같은 생각이었다.

버려진 도시지만, 시청 내부를 뒤지다 보면 문건 같은 게 남아 있을 수 있었다.

길드 레볼루치온(12)에 접촉하기 전에 그들의 내부 사정을 알아내게 될 수도 있는 것이다.

베일이 공격대를 이끌고 도시로 진입하던 바로 그 찰나였다.

쾅!

가공할 속도의 인형(人形)이 베일의 진행 방향으로 착지했다.

어디서 어떻게 날아왔는지는 보지 못했다. 착지 시점에 바닥이 움푹 파여 버렸고, 거기서 터져 나온 충격파가 베일과 그의 공격대를 단번에 밀쳐 내 버렸다.

베일은 간신히 중심을 잡고 앞을 노려보았다. 동시에 뛰쳐나가려던 그의 공대원들을 저지시키려 양팔을 좌우로 뻗었다.

그는 불곰 같은 인상의 아시안이었다.

직전에 보였던 능력이나 그의 무장 상태는, 그가 강력한 각성자인 걸 증명하고 있었다.

도시에 거주민이 한 명 머물고 있다는 것은 알고 있었어도 이 정도의 인사일 거라고는 생각지 못했다.

자신은 레볼루치온(12)를 평화적으로 합병시키러 온 거다.

레볼루치온(12)의 지도층일 인사와 벌써부터 충돌해선 안 됐다.

베일은 영어로 말했다.

아시안에게 영어가 통하길 바라면서 짧고 쉬운 문장으로만.

"버려진 도시인 줄로만 알았다. 우리는 중앙 무대에서 왔다. 길드 지도부와 만나고 싶다."

하지만 아시안 남자가 험악하게 굳힌 인상으로 내뱉기 시작한 말은 영어가 아니었다.

그의 모국어인 것 같았는데, 베일은 당연히 알아들을 수 없었다.

"한국어입니다."

베일의 공대원 중 하나가 말했다.

"엿 같은. 한국어 할 줄 아는 사람 없지?"

베일의 말투에 가시가 돋아 나올 수밖에 없었다. 한국은 그에게 좋은 인상의 나라가 아니기 때문이다.

다른 것을 다 떠나 모국 프랑스의 생태계를 교란시키고, 자신에게도 탈모가 진행될 만큼 막대한 스트레스를 입혔던 그룹이 한국에서 발원했었다.

전일 그룹의 역외 독립 법인, 제이미 코퍼레이션.

그것들이 골드슈타인 그룹이 몰락한 틈을 타서 모국에 진입한 다음부터는 하루도 조용할 날이 없었다. 일거리야 넘쳐나기는 했다.

그 일로 자신과 회계사 동료들은 돈 좀 만졌던 시기였지만, 유색인종 중에서도 아시안 따위들에게 침탈당한 모국의 경제 상황은 심각했다.

전일 그룹부터가 아시아 자본이라고 확인된 바는 아무것도 없다며 당시 상황을 즐긴 녀석들도 물론 있었다.

자신은 아니었다.

확인되지 않았기 때문에, 아시안 자본이라고 가정하고 봐야 하는 거였다.

한국의 전일 그룹과 거기서 보내온 침략자, 제이미 코퍼레이션은!

"한국 사람인가?"

베일이 물었다.

"안 돼. 영어. 안 돼. 영어."

느낌이란 게 있다. 그 뒤로 주절주절 붙은 말들은 한국의 욕이 분명했다.

아시안이 짓고 있는 표정에도 적개감이 진하게 번져 있었다.

그가 말하고 있는 바는 분명했다.

당장 여기서 꺼지지 않으면 너희들 다 부숴 버릴 거라고!

아시안은 혼자인 걸 두려워하지 않았다. 하지만 본인의 능력을 자신하는 건 그렇다 쳐도, 어떤 상황인지는 제대로 알고 있어야 할 것 아닌가.

2막 1장까지 헤쳐 온 인사라면 더더욱이, 그렇게 현명하게 처신할 줄 알아야 하는 법이다.

아시안의 태도는 위험했다. 포섭할 목적을 가지고 들어온 게 아니었다면, 이 자리에서 아시안의 목을 당장 베어 버렸을 것이다.

수하들과는 전리품을 나누고.

"어떻게 할까요."

공대원이 베일의 서늘한 시선을 읽어 내며 말했다.

"싸우려고 온 게 아니다."

베일은 충돌을 피하기로 결정했다.

그러나 그건 그만의 결정일 뿐.

불곰 같은 아시안은 허락 없이 들어온 외부인들을 그대로 돌려보낼 마음이 없었다.

베일이 그의 공대원들과 함께 등을 돌렸을 때 아시안이 그 앞을 막섰다.

얼마 만인가.

저런 재수 없는 눈빛은?

사람을 아래에 두고 보는 그 눈빛은 하도급 주는 양복쟁이들에게서나 봤던 것이었다.

아니다. 그것보다 훨씬 심했다.

오딘에게 합류한 이후부터는 낯 뜨거워질 정도의 시선만 느껴 왔던 성일이었기에, 베일의 눈빛을 어렵지 않게 읽어 냈다.

"사람 열불나게 해 놓고 느그들만 끝내면 다여? 여기가 느그들 안방이여?"

코쟁이의 입에선 뭐라고 또 주절주절 꼬부라진 말들이 나오고 있었다.

"영어 쓰지 말라 혔다. 한국말 못 하믄 닥치고 있든가. 쓰벌 것들. 들어올 땐 느그들 맘이었어도 나갈 땐 아닌 것이여. 그 정도는 감수하고 들어왔다고 보는디. 맞잖어."

두두둑.

성일의 손길이 닿은 제 주먹에서 뼈 소리가 끊겨 나왔다.

"이 정도면 깜박이는 킨 거다. 선빵 맞았다고 질질 짜지 마."

성일은 그때에도 영어를 내뱉는 베일의 얼굴에 일격을 먹였다.

퍼억!

베일은 전신의 감각을 끌어올려 경계하고 있는 상태에서도 피하질 못했다. 그의 고개가 뒤로 꺾이면서 보호막이 일렁거렸다.

그러거나 말거나, 성일이 베일의 발목을 낚아채 올리며 외쳤다.

"다 뎀벼 봐! 여그가 뉘 집 안방인지 똑똑히 가르쳐 줄 텡게!"

*　　　*　　　*

세계 각성자 협회(3)은 명성을 멋대로 빌린 가짜일 가능성이 높았다.

레볼루치온과 투모로우가 크게 세계 각성자 협회에 속하지만, 그들이 사용할 길드명은 그들의 직속 조직으로 정해져 있었다.

오로지 조슈아만 세계 각성자 협회를 사용하도록 약속됐었다.

그리고 조슈아와 녀석이 여기서 꾸렸을 세력은……

상위 무대로 지정되어 둠 카오스의 마지막 장난질에 휩쓸렸을 것이다.

현실적으로 거기서 살아남는다는 건 어려운 일이었다. 막연한 기대만 가져 볼 뿐이다. 본 시대 이선(二善)의 진짜 능력에 눈을 떠, 열세인 병력으로도 2막 1장을 관통하기를.

그래서 언제가 됐든 내게 합류하여 3막 최종장을 도와주기를.

이태한과 지애 누나를 만나고 내 도시로 돌아왔을 때.

거리의 흥건한 핏자국이 나를 기다리고 있었다. 도시 입구를 시작으로 시체를 질질 끌고 간 흔적이 이어져 있었다.

무너지기 직전의 건물 뒤쪽으로였다.

자리를 비운 사이에 중앙 무대, 프랑크라는 녀석들이 들어온 것 같았다.

성일의 기척을 제외하고 나면 남은 기척이라고는 하나뿐.

그들이 성일에게 죽어 나가며 남긴 흔적들은 한 개 공격대로 구성되었음을 알려 주고 있었다.

운이 지지라도 나쁜 녀석들이라고 해야 할까.

"템발만 믿고 까불지 뭐여."

복강은 과다 출혈로 부풀어 있었고 늑골도 다 분질러진 듯 보였다.

간신히 목숨만 붙어 있어서 꺽꺽대고 있는 녀석을 향해 성일이 태연하게 말했다.

반면에 성일은 부상이라 할 만한 것이 딱히 보이지 않았다.

"오딘이 떠난 뒤로 얼마 안 있어서 들어왔으."

"살…… 살려…… 후…… 후회……."

성일이 거기에 대고 뇌까렸다.

"거봐. 끝까지 영어 쓴당게. 한국 땅에 왔음 한국말 써야 하는 건디, 기본적인 걸 몰러"

"저건 뭐냐?"

한쪽에는 녀석들의 아이템이 무질서하게 쌓여 있었다.

살아남은 녀석의 것도 물론이다. 녀석은 속옷만 덜렁 남은 상태였다.

"이것들이 가지고 들어온 거지."

세 개였다.

결계 4층 구역, 5층 구역, 6층 구역, 7층 구역에서 마스터 박스 하나씩을 획득.

총 네 개의 마스터 박스 중 하나는 스킬로 띄우고 다른 세 개는 아이템으로 띄운 듯한데, 그만큼이나 가지고 있다는 것 자체가 녀석의 신분을 증명한다.

구역의 최초들을 차지할 신분은 딱 하나밖에 없다. 그 구역을 담당하고 있던 도시의 시장급.

즉, 한 개 군단의 군단장급이다.

"A급 아이템을 저렇게 버려두면 써?"

"오딘 먼저 골라야지. 내가 꼽사리 끼고 있는 것인디……."

성일은 콧등을 긁으며 사춘기 소녀처럼 말꼬리를 흐렸다.

다 죽어 가는 녀석에게로 시선을 돌렸다. 그때 녀석과 눈이 마주쳤다.

"중앙 무대의 군단장급이군."

한 줌의 빛을 만난 듯, 부풀어 오른 눈두덩이 속으로 눈깔 하나가 이채를 발산했다.

"한국인이 있나?"

"없…… 인드라……."

"뭐?"

"인…… 인드라께 용서를 구……."

"계속 저 소리여. 이젠 외워 버리겠으. 대체 뭐라는 거여?"

성일이 물었다.

"인드라께 용서를 구하면, 아마도 우리가 목숨을 보전할 수 있을 거라는 뜻인 것 같군."

성일은 피식 웃으며 말끝을 높였다.

"인드라?"

"이것들의 길드장이 쓰는 이름이겠지."

녀석에게 다시 물었다.

어차피 세계 각성자 협회(3)을 시작으로 한 바퀴 쭉 돌아볼 예정이다만.

"너희 도시들에 한국인이 있냐고 물었다."

"없…… 다……."

"레볼루치온과 투모로우에 대해선 들어 본 적이 있나?"

"없…… 다…… 늦…… 지…… 않았다. 원한을…… 품지…… 않겠다…… 날 살려……."

녀석은 한 마디 한 마디 힘겹게 이어붙였다.

"날 살려 주는 것이…… 너희들의 목숨을…… 보존하는 길이다. 인드라께서……."

"귀에 딱지 생기겠구만. 그놈의 인드라는 어지간히 찾으."

성일은 무릎을 탁 집고 몸을 일으켰다. 그러고는 내게 어깨를 으쓱해 보였다.

"왜?"

"살려 둔 이유가 있을 거 아니냐."

"아아. 처음으로 다른 세력 놈들과 마주친 거잖어. 오딘의 처분을 기다리고 있었던 거지, 그거 말고는 딱히 없었는디…… 끝낼까?"

"다음부턴 기다릴 것 없다. 내 도시에 멋대로 들어온 것들은."

[데비의 칼날을 시전 하였습니다.]

뎅강!

붉은 실선이 쭉 그어진 다음, 녀석의 잘린 대가리가 옆으로 굴러갔다.

"도시 이름 보고 느낀 게 있었어야지. 머리가 멍청하믄 몸이 고생하는 거여. 쯧."

성일이 녀석의 시신을 수습하며 한마디 던졌다.

"그럼 다녀오지."

"오자마자? 어디로?"

"세계 각성자 협회(3)."

"옛 얼굴들을 만날 수 있을지도 모르겠네? 마리 누님일지도……."

"가짜겠지."

"가짜라믄……."

성일이 내 눈치를 살피며 조심스럽게 입술을 뗐다.

"그럼 이번에는 내가 가 보믄 안될까? 오딘도 좀 쉬는 시간을 가지고."

"넌 말이 안 통하잖아."

"다른 말이 무슨 필요 있었어. 오딘? 오딘. 오딘! 으로 안 통하믄 오딘 말 짝으로 다 사이비일 텐디. 흐흐. 크롱이가 바람 쐬자고 성화여."

"같이 가지."

"여기는?"

"이름 바꿔."

[길드: 길드원 권성일이 도시(출입 금지)를 '무단 점
거 시 사망'이라 명명 하였습니다.]

*   *   *

중앙 무대 프랑크 길드를 중심으로 다른 무대들이 사방
으로 뻗쳐 있는 구성.

전체를 놓고 봤을 때 레볼루치온(12)의 영토는 북쪽에
위치했다.

그리고 이제는 '무단 점거 시 사망' 이라 이름이 바뀐,
내 도시는 레볼루치온(12)의 영토에서 최남단에 위치해 있
기 때문에 프랑크 길드에서 북방으로만 진입해 왔을 경우
제일 먼저 마주치게 되는 도시였다.

이번 구성이 1막 2장 때와 다른 점은 중앙 세력을 통하
지 않고도 다른 세력들과 접촉이 가능하다는 점에 있었다.

중앙 세력의 여덟 개 도시가 지리적으로 중앙에 있다는

것뿐이지, 반드시 그들을 거쳐야만 한다는 게 아닌 것이다.

다섯 개 무대가 합쳐지면서 나이트 습격의 근원지로 알려져 있던 땅들이 열렸다.

그 땅들만 밟는다면 북쪽 세력도 중앙 세력을 거치지 않고 남쪽 세력과 만날 수 있고, 동쪽 세력이 서쪽 세력에 닿을 수 있는 것도 물론이다.

중간에 적대적인 세력의 순찰대에게 발각되지만 않는다면 말이다.

우리는 새로 열린 땅들을 밟으며 동쪽 세력으로 우회하여 가는 중이었다. 중앙에 프랑크 길드가 위치해 있다는 걸 알고 있어서 그쪽에는 볼일이 없기 때문.

동쪽 세력부터 시작해서 시계 방향으로 돌아볼 계획이었다.

큰 사정은 거기까지다.

*　　　*　　　*

삼십만의 한국인 각성자. 각각 십만씩 1막을 구성.

그렇게 크게 보면 세 개 그룹으로 편성되었다고 알려져 있었다.

그중 한 그룹은 나와 함께 시작했다. 다른 한 그룹은 연희와 다른 한 그룹은 투모로우의 간부급 한국 각성자와 시작했을 거라고 추정된다.

하지만 그 두 개 그룹 모두 상위 무대로 지정되었을 터.

투모로우 쪽은 전멸로 치달았을 것이고, 연희가 속한 곳도 통과는 했을지언정 피해가 심각했을 것이다.

이런 자세한 사정을 성일에게 들려줄 순 없었다. 다른 세력들이 합쳐지자마자, 도시를 비우면서까지 나가고 싶어했던 성일에게 말이다.

바람을 쐬고 싶다는 건 빤히 보이는 핑계였다. 성일은 다른 무대에서 한국인, 더 정확히는 시작의 장으로 빨려들어왔을 수도 있는 제 가족들의 행방을 확인하고 싶어 한다.

성일의 외아들과 애증 가득한 전 부인이 각성됐을 확률은 지극히 낮지만, 성일로서는 언제고 떨쳐 낼 수 없는 문제였다.

그는 지애 누나가 나를 찾아왔던 이후부터 그 문제가 더욱 신경 쓰이는 듯했다.

우리들에게 닥쳤던 위기가 지나간 이후부터는 본격적으로.

"우리들 외에 다른 한국인을 찾을 순 없을 거다. 이번 장에선."

성일이 멈춰 섰다.

그가 나를 돌아보며 민망 쩍은 표정을 지었다. 그러고는 적당한 말을 찾지 못했는지 솔직하게 토로했다.

"미안혀."

"뭐가."

"도시 비웠잖아. 경고를…… 알아먹을 인간들이 얼마나 있겠어."

떠나기 전.

성일이 도시 입구에 프랑크 녀석들의 시체를 걸어다 놓은 까닭이 거기에 있었다.

그럼에도 행방이 묘연해진 그것들을 찾아올 무리들이, 도시를 점거하지 않을 거라는 데에는 성일 또한 회의적이었다.

"아니겠지 하면서도 계속 맘에 걸리는디, 참을 수가 있어야지. 돌아가믄 내가 다 정리할게."

"가족이 얽혀 있다면 누구라도 그렇지. 하지만 너무 걱정 마라. 0.6%. 각성 확률은 그것밖에 안 되니까."

"오딘을 만난 걸 빼믄 원체 운이 없던 놈이었으. 나는."

성일의 어깨를 툭툭 치며 지나쳤다.

그로부터 몇 시간 후.

고함 소리들을 쫓아 도착한 곳은 격전이 한창이었다.

우리가 도착했을 때는 이미 군열 따위 없이, 혼전으로 치달아 있었다.

다양한 인종과 성별 그리고 연령대가 아무렇게나 뒤섞이며 그만큼의 스킬과 칼질들이 서로의 사지를 베고 있었다.

처음 충돌했을 때 두 진영 간의 화력이 비등했던 탓이다.

우리가 도착했던 시점에는 반 이상이 줄어들어 있었으나, 처음에는 각각 20개 공격대씩을 보유했던 것으로 보였다.

성일은 우리에게 달려든 녀석을 던져 버린 후 나를 쳐다 보았다.

나는 전투에 휩쓸리지 않을 곳으로 자리를 옮겼다. 그렇게 적당한 나무에 기대서는 것으로 대답을 대신했다.

기울고 있던 승패가 더욱 분명해진 건 그쪽으로 지원 부대가 먼저 도착하면서였다.

마침내 전투가 종결되었을 때, 걸음을 옮겼다.

모두는 학습되어 있었다.

승자는 무엇이든 행할 권리가 있었다. 리더가 강령으로 통제하지 않는 이상, 항복한 자를 죽이는 건 특별한 게 아니었다.

거기에는 성별과 나이의 구분이 없었다. 자신에게 부상을 입힌 그리고 동료들을 죽여 나간, 적군에게 화를 푸는 것뿐.

포로들의 아이템을 벗겨 내고 나면 그런 수순으로 이어지고 있었다.

성일은 나만큼이나 무관심했다. 오히려 그에게는 행여나 내게 달려들 녀석을 사전에 차단하는 것이 중요한 것 같았다.

실제로 어떤 녀석이 아직 꺼지지 않은 살기를 품은 눈으로 달려들자 바로 목덜미를 움켜쥐고는, 쓰레기 버리듯 던져 버렸다.

"누가 책임자냐."

영어로 충분했다.

지원 부대로 도착한 것들이 공통적으로 쓰고 있는 언어니까.

책임자라고 나타난 녀석은 키가 큰 여자였다.

"레볼루치온에서 왔다. 너희들은?"

내가 먼저 밝혔다.

"캣 푸드 웨어하우스."

내 창고의 이름.

이들은 거기서 근무했던 용병 중에 하나가 세운 세력의 일원.

내게 직속으로 포함되는 녀석들인지라 날을 세울 필요가 없다.

그때 여자는 빠르게 나를 훑어보고는 성일에게로 관심을 돌렸다.

큭큭. 나 같은 건 상대할 가치도 없다는 듯, 조금의 망설임도 없었다. 여자가 성일을 훑어보는 건 나한테 했던 것과는 달리 조심스럽게 이뤄졌다.

제 흉갑 사이의 부상을 살피듯, 그렇게 위에서 아래로 내리깐 시선으로 성일의 외관을 빠르게 확인한 것이었다.

성일은 도시에서 획득한 A급 전리품으로 무장한 상태였다.

이 여자에게는 성일이 어떻게 보였을까.

한 세력의 군단장급으로 보이기는 하다만, 정작 무기는 없고 어쨌거나 동행인이라고는 한 명밖에 없다는 점에서 패잔병으로 보였던 것 같았다.

"그쪽도 저 새끼들하고 부딪쳤나요?"

여자가 성일에게 물었으나 성일은 우리나라 말로만 내게 말했다.

"기철이한테만 뭐라 할 게 아니었으. 짱나게 다 영어여."

여자가 물었다.

"뭐라시는 거냐?"

"너희들의 길드장을 보고 싶군."

성일의 말을 통역해 준 것으로 알아들었던지, 여자는 별 말 없이 생각에 잠겼다.

곧 계집이 다시 내뱉었다.

"레볼루치온에서는 어떤 직위지?"

"시장."

"좋다. 우리와 함께 가지. 그런데…… 그쪽들 혹시 한국인이냐? 이름은?"

$$*\qquad*\qquad*$$

여자의 그룹이 전리품을 빠르게 수거하고 포로들을 잡아 끌며, 동남쪽으로 내려가는 길이었다.

여자는 프랑크 길드와의 첫 교전에서 승리의 전공을 세운 것도 그렇지만 자신이 레볼루치온과의 연결점이 된 것도 그만큼이나 기쁜 것 같았다.

여자가 그 일로 중체 그라프의 등 위에서 수하들과 떠들고 있을 때.

우리도 여자가 내어 준 중체 그라프의 등 위에 있었다. 수십 쌍의 다리들이 바쁘게 움직이고 더듬이는 전방을 휘적거린다.

"에프킬라로는 안 되겠지?"

성일은 그걸 농담이라고 했다.

"그라프 일족이란 것들이다."

"소대가리 새끼들보다 쎄 보이는데? 소대가리들이 상위 무대 아니었나."

같은 등급으로 구분된 것끼리 붙여 놓으면 결과는 분명

하다.

바클란의 대형 도끼에 마디마디가 찍히고, 그것들의 괴력에 더듬이는 물론 뇌를 둘러싸고 있는 껍질이 뒤집어 까지겠지.

성일이 흔히 하는 말마따나 한 그릇 뚝딱할 것이다.

그라프 일족은 바클란 군단보다 열등한 족속들이다. 우리 외 다른 네 개 길드들은 2막 1장에서 그라프 일족을 상대하고 온 것 같았다.

내가 별 대꾸를 하지 않자, 성일 스스로 알았다는 듯 고개를 끄덕였다.

"소대가리들이 쎄긴 쎘으. 이것들은 뭘 숭배혀?"

"둠 인섹툼."

서열 6위의 마제(摩帝).

그런데 일전에 탐험자 보상으로 띄워졌던 내용을 보면.

[……이 땅의 생명력은 둠 카오스에게, 결계에서 희생된 자들의 영혼은 둠 아루쿠다에게, 생명력을 잃은 대지는 둠 엔테과스토에게 영속될 것입니다.]

한 차원을 침공하여 얻은 전리품을 둠 카오스, 둠 아루쿠다, 둠 엔테과스토 셋이서만 나누고 있는 것으로 보인다.

서열 세 번째의 둠 엔테과스토 아래부터는 같은 칠마제군(群)으로 묶여 있어도 하급으로 취급되는 듯한 인상을 받았다.

　도시가 보이기 시작했다.

　과거에는 블루존. 지금에는 안전지대. 또 이들에게는 뭐라고 명명되었는지 모르겠지만, 그 땅으로 왕성하게 자라 있는 곡물들이 시야에 들어왔다.

　그리고 곡물들 사이에선 그것을 재배하고 있는 각성자들도 보였다.

　문명이 풍요롭게 돌아가고 있는 광경이었고 성일의 낯빛에도 따뜻함이 깃들기 시작했다.

　그러나 한 번씩 스쳐 가는 씁쓸한 미소에는, 우리 레볼루치온도 이렇게 될 수 있었다는 탄식이 깃들어 있었다.

　성일은 모른다.

　나도 어디까지나 가정이지만, 레볼루치온(12)의 영토가 황폐해져 버린 진짜 이유는 인장, 빛기둥 때문인 것 같았다.

　인근으로 돌려줘야 할 이 땅의 생명력이 인장의 형태로 응집되었다고 추측된다. 그만큼이나 인장 빛 기둥은 가공스러운 공능을 품고 있다.

　여자가 도시 입구 부근에서 우리를 세워 두며 말했다.

　"여기서 기다려."

[도시: 브라보   방어 레벨: 32

관할: 캣 푸드 웨어하우스 거주민: 8,129명

시장: 메이슨 브라운]

그때부터 감각을 높였다.

여자의 호흡 소리가 이어지던 끝에 대화가 시작되었다.

"놈들의 코를 꺾어 놓았습니다."

"길드장님께는 내가 직접 보고를 올리지. 수고했다."

"예."

"전투에서 복귀하자마자 다시 임무를 내릴 수밖에 없어서 미안하군. 네가 가 줘야겠어. 역시, 북쪽 세력과 접촉하라는 지시가 하달되었다. 분쟁 없이."

"북쪽은 레볼루치온이었습니다."

"북쪽이 잔챙이들의 구역이었나? 벌써 심문을 마친 건가?"

"아닙니다. 군단장님. 성사될지 모르는 다른 세력들보다는 그들을 확실하게 우리 진영으로 합류시킨다면, 길드장님께서는 틀림없이 첫 교전의 승리 이상으로 치하하실 겁니다."

"보고 안 한 게 뭔가?"

"기뻐해 주십시오. 레볼루치온의 시장급 인사를 데려왔습니

다. 교전이 끝났을 때, 그들이 우리에게 접근해 왔었습니다."

"이유는?"

"길드장님을 뵙고 싶다 합니다."

"그럴 테지. 기뻐하긴 이르다. 그들 같은 약자가 강자들 사이에서 살아남는 방법은 별 것 없지. 그래. 얼마나 달고 왔나?"

"단둘입니다. 시장은 그만한 직위를 가질 만한 무장은 갖추었으나 무기는 찾을 수 없었고, 부하는 아예 맨몸이었습니다. 우리와 만나기 전에, 프랑크 새끼들과 먼저 교전이 있었던 게 아닐까 합니다. 그래서 기뻐하시라 자신 있게 말씀드렸던 겁니다."

"시장급 정도 되는 자가 브론즈를 달고 다닌다는 건가? 잔챙이들이라 해도 비상식적인 조합이군. 국적은?"

"한국이었습니다."

"한국? 한국이라고?"

"그래서 애인처럼 상냥하게 굴어 줬습니다. 무려 웃어 주기까지 했죠."

"이름! 이름을 대."

"권성일이었습니다."

"……일단 데려와 봐."

돌아온 여자는 우리를 시청의 안실로 안내했다. 열린 문으로 다 같이 들어갔다.

그 즉시였다.

굵은 인상의 사내가 앉은 자리에서 튕겨 나듯이 일어섰다.

그때 정말로 오래전에 썼던 이름이 사내의 입에서 터져 나왔다.

"에단!"

오랫동안 숨을 참다가 한계에 다 달아서 내쉬어 버린 것처럼 하더니, 내게 달려온 모양새도 다급했다. 그가 더듬으며 물었다.

"저, 저, 저를…… 기억하십니까?"

하지만 정작 다급한 쪽은 바깥이었다. 방어 시설들에서 울리는 알람 소리들도 시끄러웠다.

"옵니다! 프랑크 놈들이 밀려오고 있습니다!"

*   *   *

한때 메이슨 브라운은 군사기업 화이트 워터와 계약한 용병이었다.

바그다드 전쟁에서는 첩보가 주 역할이었다.

그러다 화이트 워터 이사진들의 눈에 띄어 비밀스러운 조직에 가담하게 되었다.

시아파 과격 무장 단체 같은 곳에 위장 침투하는 것 이상의 비밀이 요구됐던 조직이었으며, 그때에도 이름이라는 게 존재하지 않았던 조직이었다.

UFO와 외계인 연구자들을 방해하고 협박한다는 수수께끼의 조직, 맨 인 블랙(Man in Black)은 괴담에 불과하지만.

이 이름 없는 조직은 진짜였다.

그들 초능력자는 조직 내에서 고양이라는 코드명으로 불렸다.

그들 초능력자들만 사용 가능한 기물들은 고양이 사료라 불렸다.

괴물들은 쥐로, 그것들이 운집해 있는 지하의 비밀스러운 장소들은 쥐구멍이라 불렸다.

처음에 조직은 작은 규모였다.

그러나 조직의 힘은 매해 커져 가다가, 08년 세계가 망할 것처럼 굴었던 그 시점에는 초법(超法)적인 기관으로 거듭나 있었다.

기관에서는 정부의 그림자 기관이 아니라고 밝혔고, 정부의 정보기관들과 충돌하지 말라는 지시 또한 있었지만.

초자연적인 현상을 관리하는 기관이 사설일 순 없었다.

이를 증명하는 일이 있었다.

민간의 괴담 맨 인 블랙처럼 관리자(Administrator)로서 기관의 비밀을 지키는 팀을 지휘하게 되었던 당시였다.

CIA와 FBI에서 본 기관의 활동을 테러 단체로 오인, 팀 내 거처 하나를 습격했던 적이 있었다.

골드 온라인을 비롯한 통신망 대부분을 감청하고 있던 장비들이 가득 차 있던 거처라서, 외부에 노출된다면 평생을 감옥에서 썩어도 달리 변명할 거리가 없던 게 바로 그곳이었다.

한 끗 아래로 보던 정부 측 요원들에게 꼬리가 밟혔다는 것은, 그만큼이나 그들이 오랜 기간 심혈을 기울여 준비해 온 작전임을 뜻했다.

그들의 작전은 성공했고 거처에 있던 팀원들은 붙잡혔다.

하지만 하루도 지나지 않아서 팀원들이 풀려났다.

핸드폰이든 인터넷이든지 간에, 애초부터 온갖 통신망들을 감청할 수 있었던 건 각 통신 대기업들의 협조가 있어서였다.

어떤 사조직이 모든 통신 업계에서 위법적인 협조를 받아 낼 수 있단 말인가.

어떤 사조직이 수십 조항의 법을 어겼음에도 법정과 청문회 한번 서지 않고 요원들을 빼내 올 힘이 있단 말인가.

각 기관 간에 연계가 되지 않아 오해로 비롯된 일이라 해도, 현행범으로 끌려가서 공적인 문제가 되어 버렸을 때는 없던 일처럼 만들 수 없는 법이었다.

지금이 어떤 세상인데.

그런데 당시 야당이었던 민주당의 반발 한번 없이 세상은 조용하기만 했다.

메이슨이 캣 푸드 웨어하우스의 운영 부서로 좌천된 건 그 일 때문이었다.

거기의 업무는 치열하지 않았다. 매일 같이 들어오는 기물들, 그 고양이 사료들을 지하 벙커 깊숙한 곳에 보관하고 지키는 게 다였다.

고양이 사료들을 노리는 외부의 공격 따위 같은 건 없었다.

유해 위험 물질 처리소로 위장된 곳이었고, 평일에는 사무실에서 CCTV나 보다가 사료가 들어오면 다시 집어넣는 따분한 일상이었다.

주말이면 지금은 도시 찰리의 시장이기도 한 체니 군단장과 함께, 그의 아들이 속한 어린이 야구팀의 대회를 참관하기도 했었다.

따분했던 업무.

그러나 지금 돌이켜보면 소스라칠 업무였다.

시작의 장에 진입하고 나서야 알게 된 사실인데…….

벙커에 가득 차 들어 있는 온갖 사료 중에서도 코드 넘버 A로 시작하는 그 많은 사료들이 전부!

마스터 박스에서 띄운 A급 아이템들이었던 것이다.

세상에 그럴 수가 있나.

그러니 기관에서 보안에 혈안을 띄고 있었던 것이다.

어쨌거나 수년 동안 별 탈 없이 캣 푸드 웨어하우스에서 근무하다가, 전출할 수 있는 기회가 생겼었다.

좌천되기 전의 공로들 덕분에 전출 부서를 선택할 수도 있었다.

그때는 기관의 규모가 더욱 확장된 때였다.

예전의 관리팀으로 돌아갈 수도 있었고 기관의 소유인 제3국의 광활한 땅들, 거기에 봉인되어 있는 쥐구멍들이나 지키며 또 따분하게 보낼 수도 있었다.

하지만 에단과 마리.

그 '두 사람'의 지원팀으로 들어갈 수 있다는 말을 들었을 때는 더 따질 게 없었다.

특히 에단은 기관의 실세 중에 실세라고 알려진 고양이였다.

기관의 비밀스러운 보스보다 더 윗선이라는 말들도 있었고, 캣 푸드 웨어하우스에 들어오는 모든 사료들이 그가 보내온 것이라는 말도 있었다.

기관의 리더와 북한의 리틀 로켓맨처럼 실제 존재하지만 어쩐지 가상으로만 생각되는 자가, 소문의 에단이었다.

그래서 무조건이었다.

에단의 지원팀에 합류했었다. 투모로우라는 다른 사조직들과도 연계했다.

그 후에야 점점 진실들을 알게 되었다.

기관 안에서만 은밀하게 돌던 말들이 전부 사실이라는 것을, 이 거대 조직이 정부의 조직이 아니라 에단의 사조직이라는 것을 말이다.

그런데 어느 시점부터 그런 진실들 따위는 아무래도 좋았다.

에단과 마리는 본인들의 삶을 포기한 채 모든 시간을 쥐구멍에 투입하고 있었다. 어떤 면에선 숭고하기까지 했다.

그들조차도 반복된 일상에 힘들어하는 기색이 다분했기에 말이다.

그럼에도 그들은 변하지 않았다. 쥐구멍을 파괴시키고 쥐새끼들의 핏물을 달고 나오면, 바로 다음 쥐구멍을 찾아 떠났다.

매일 매일 언제나.

자신이 배속되기 전부터 그래 왔으니 근 십 년을 그렇게 처절했던 두 사람이었다.

고양이들이 사전 각성자고, 사료들이 아이템이고, 쥐가 몬스터고, 쥐구멍들이 1막 2장의 첨탑 같은 것임을 이제야 안다.

그러나 이전부터 이미 깨달았던 것이 있었는데.

바로.

그 두 사람이 인류의 영웅이라는 사실이었다.

둘은 이미 오래전부터 자신의 삶을 포기한 채 몬스터들에 맞서 싸워 왔던 것이다.

*   *   *

에단과 마리는 한국인이었다.

그래서였다.

한국인으로 구성된 세력과 마주치게 된다면 오만하게 굴지 말라고, 충돌을 피하라고, 도로시를 비롯한 주요 인사들에게 항상 주의시켜 왔었다.

이는 캣 푸드 웨어하우스 전체의 길드 강령이기도 했다.

만일 도로시가 에단의 눈에서 벗어날 행동을 했다면 돌이킬 수 없었을 것이다.

메이슨이 기억하는 에단은 인류의 영웅이라는 사실임에는 변함이 없지만, 그 자체만 본다면 서슬 퍼런 냉정한 인물이었다.

피곤을 달고 살았어도 언제나 상냥했던 마리와는 달리.

"저, 저, 저를…… 기억하십니까?"

그때였다.

"옵니다! 프랑크 놈들이 밀려오고 있습니다!"

메이슨은 에단에게 양해를 구하는 뜻으로 고개를 숙였다.

그러고는 바깥으로 뛰쳐나가 나이트 습격을 방어했을 때와 같은 지시를 내리기 시작했다.

밀려왔다는 표현이 맞았다. 외벽 위에서 바라본 프랑크 길드의 군열은 좌우로 쭉 뻗쳐, 족히 일만에 가까운 대군을 형성하고 있었다. 그리고 그 너머로도 꾸준히 수가 늘어나고 있었다.

첫 교전에서의 패배를 앙갚음하러 왔다기에는 너무나 빨랐다.

거기는 눈속임이었던 거다.

세력 구도상, 이 시점에서 1진영 프랑크 길드가 대군을 끌고 오지 못할 거라는 확신을 도리어 이용했다. 허를 찌르는 기습이었다.

최근에 급조된 것으로 보이는 번개 문양의 깃발이 펄럭이고도 있었다.

"추살대가 매복해 있었습니다. 주 도시로 가는 길이 막혔습니다. 추살대의 규모는 물론이고, 어떤 함정이 설치되었는지도 파악할 수 없었습니다. 죄송합니다."

그쪽으로 공격대를 보내는 건 희생자 수만 늘린다는 뜻이었다.

메이슨은 도로시를 가까이 불렀다.

"저것들을 붙잡아 둘수록, 우리 길드 전체로서는 유리한 점이 많아진다."

"주 도시에서 언제 알아차릴지가 문제 아니겠습니까."

"빠를 것이라 믿어야겠지."

[화염 탑(LV. 4)을 업그레이드 하시겠습니까? (소비 점수: 2200)]

허공을 비집고 나온 붉은 기운들이 화염 탑에 스며들기 시작했다.

[화염 탑 (LV. 5)가 완성 되었습니다.]
[누적 점수: 20]

[도시 방어 레벨이 상승 하였습니다.]
[방어 레벨: 33]

혹시나 싶어서 최후까지 남겨 두었던 점수들을 화염탑에 전부 투입했지만, 규모가 계속 늘어나고 있는 적 진영의 상황을 보니 마음이 흔들렸다.

솔직히 그랬다. 상대도 나이트 습격을 꿰뚫고 온 자들이다.

그라프 일족들보다 더 고등한 족속들이란 걸 인정하기 전에, 상대부터도 방어 시설의 취약한 부분을 모를 리가 없었다.

"화염탑 쪽을 더 보충하겠습니다."

필시 화염탑부터 부수려 들 것이다. 자신이 다른 도시를 공격한다 쳐도 제일 먼저 파괴해야 하는 것이 화염탑이었다.

"그런데 저분이 그 '에단'이 틀림없습니까?"

메이슨은 도로시의 시선을 따라 외벽으로 올라온 에단을 바라보았다.

도로시는 믿지 못하겠다는 눈빛을 띠고 있었다. 메이슨은 답할 필요성을 느끼지 못했다. 어떻게 저 얼굴을 잊을 수 있을까.

사실 계속해서 뛰는 심장은 프랑크 길드의 대규모 기습 때문이 아니었다. 장이 진행되면서 언젠가는 만나게 될 걸 고대하며 준비해 왔는데, 그때가 바로 지금이었다.

아이템 하나 없는 맨몸이라고 해서 저분의 진짜 힘까지 벗겨진 게 아니다.

시작의 장 이전부터 열성을 다해 몬스터들을 처치해 오셨고 시작의 장 이후로도 꾸준히 강해졌을 터. 감히 레벨을 추측할 수 없다.

하물며 바깥에 이룩한 초법, 초국가적인 기관의 힘은 어떤가.

소수의 각성자들끼리 치고받는 이 조그마한 땅들에서만이 아니라, 이미 바깥의 전 세계에 저분의 힘이 강력히 미치고 있다.

세계 각성자 협회를 대표하여 조슈아 폰 카르얀이 연설을 한 바 있지만.

메이슨은 알고 있었다.

조슈아 폰 카르얀이 사전 각성자들을 운용하고 있는 조직도, 또 다른 사전 각성자들로 구성된 투모로우라는 조직도.

그 모두 에단의 발밑에 있다.

시작의 장이 끝나고 나면 양지의 세계 각성자 협회와 음지의 거대 기관이 합쳐질 거라는 건, 결코 공상이 아닐 것이다.

에단을 향하는 메이슨의 시선에는 끝없는 경외감이 깃들어 있었다.

"메이슨이지?"

"감사…… 합니다. 저를 기억하시는군요."

메이슨이 어설픈 발음으로나마 띄엄띄엄 한국어를 사용하자 성일의 두 눈이 휘둥그레졌다.

잘 알아먹지 못할 발음은 그렇다 쳐도 높임말이 정확했다.

에단과 성일을 여기까지 데려온 도로시도 놀라긴 마찬가지였다.

길드 지휘부 전체에서 꾸준히 주의를 줬던 그 '에단'이라는 인물이 나타난 것보다도, 프랑크 길드에서 대규모 병력을 일으켜 온 것보다도.

도로시는 메이슨이 동양의 작은 나라에서 쓰는 언어를 구사한다는 게 경악스러웠다. 중국어도 아니고, 그렇다고 일본어도 아니고.

"힘들게 한국말 쓸 것 없다. 길드장이 누구냐?"

"이데마입니다."

메이슨은 그렇게 대답하며 권성일을 슬쩍 쳐다보았다. 두 영웅 중 하나인 마리가 있을 자리에, 완전히 상반된 중년 남성이 있었다.

메이슨의 말이 이어졌다.

"모르시겠지만 기관에서는 캣 푸드 웨어하우스의 총 책임자였습니다. 그 외에 체니라고, 우리 기관 소속의 일원도 군단장으로 있습니다. 저희 전부는 에단께 합류할 날만을 고대해 왔습니다. 길드, 캣 푸드 웨어하우스의 주인은 에단이십니다."

그때에도 메이슨은 에단과 말을 섞고 있는 게 실감이 들지 않았다.

말했듯이 두 영웅 중 마리는 모두에게 상냥했지만 에단은 아니었다.

하지만 지금, 에단이 먼저 말을 건네오고 있지 않은가.

에단의 지원팀에 배속된 것도 그랬으나 각성된 신분으로서 에단과 같은 무대를 치르게 된 것 또한 다시 오지 않을 기회!

메이슨은 자신이 먼저 에단에게 캣 푸드 웨어하우스의 상황을 전하게 된 것에 감격했다.

"믹이라고 들어 봤나?"

"들어 보지 못했습니다."

"조나단 헌터는 본 적이 있나?"

"조나단 헌터라면……."

"조나단 투자 금융 그룹의 조나단 헌터."

"없습니다."

메이슨이 보건대, 에단은 프랑크 길드의 대규모 병력 따윈 조금도 신경 쓰지 않고 있었다.

평범한 이름 하나와 그 재산을 누구도 추정할 수 없다는 세계 제일의 부호 이름 하나씩만 내뱉고선, 그냥 조용했다.

한편 프랑크 길드는 시간을 끌 생각이 없는 것 같았다. 주 도시에서 지원 병력이 들어오기 전에 여기를 함락시킬 목적이 분명했다.

군진들이 거대하게 출렁임을 보이며 많은 빛무리들을 번뜩이기 시작했다.

본격적인 농성에 돌입하려던 순간이었다.

메이슨의 바로 옆쪽.

에단은 직전에는 분명히 보지 못했던 갑옷을 어느새 착용하고 있었다.

그렇게 그의 전신에서부터였다.

무엇인지 모를 불가사의한 기운이 에단의 전신에서 뿜어져 나와 하늘로 솟구쳤다.

그러고는 화악—!

상공 높은 곳에서 갑자기 사방으로 퍼지며 거대한 반원의 막을 형성하는 것이었다.

그것이 사방 일대를 안으로 감싸 버렸을 때.

[오딘의 절대 전장에 진입 되었습니다.]
[경고 : 권역 밖으로 이탈할 수 없습니다.]

다급하고 위협적인 메시지가 메이슨의 시야에서 번뜩였다.

＊　　　＊　　　＊

이탈할 수 없다는 권역의 사거리는 분명했다.

에단과 마리의 지원팀으로 따라다닐 당시, 쥐구멍과 지상을 구분 짓던 푸르스름한 막을 자주 보곤 했었는데 그것과 비슷했다.

쥐구멍으로 내려가는 계단과 비탈길 입구에서만 볼 수 있었던 초자연적인 현상이었다.

시작의 장에 들어와서는 1막 2장의 첨탑에서 경험했던 것도 비슷했다.

하지만 규모가 달랐다.

고작 입구나 문 정도를 막고 있던 것과는 달리, 일대 지역 전체를 둘러싸 버렸다.

그래서 황혼이 펼쳐질 무렵임에도 불구하고 반원의 푸른 막에 의하여, 사방의 저편이나 하늘까지도 푸르스름할 뿐이었다.

메이슨은 주변을 둘러보며 직감했다. 사방 일대가 모두 권역에 속한다.

이 넓은 일대가 전부.

'이탈할 수 없다니?'

그런데 그때.

에단이 장벽 아래로 훌쩍 뛰어내리는 게 아닌가.

"에다아아안—!"

메이슨은 목구멍이 찢어져 피가 나는 기분이 들 정도로 고함쳤다.

에단이 무슨 생각을 하며 뛰어내렸는지는 알겠으나 그건 너무 위험천만했다. 무모하다. 아무리 에단이라도 혼자서 1진영 프랑크 길드의 대군을 향해 뛰어드는 것은 말이다.

메이슨은 도로시에게 '메이슨 공격대'를 준비시키라 지시했다.

자신의 이름을 따서 만든 그 공격대는 운용 중인 군단 내의 것 중 최고의 공격대였다.

바깥 전장에서의 최고 타격대라면.

케블라 섬유와 세라믹으로 장갑한 방탄복을 입고서, 30발짜리 탄창 두 개를 양면테이프로 붙여서 장전한 M4 소총를 들고.

전술 조끼에 파쇄 수류탄을 주렁주렁 달며, 여덟 개 호주머니에 여분의 탄창들을 가득 채운 이들을 일컬었겠지만!

여기선 아니다.

M4 소총 대신 주력 무기를, 방탄복 대신 방어구를, 탄창

대신 인장을 한계치까지 보유한 고레벨 각성자들은 바깥의 막강한 화력으로도 낼 수 없었던 다양한 전략들을 구사할 수 있다.

그런데 솔직히 말이다.

오랜 기간 심혈을 기울여 성장시키고 훈련시킨 그들을 에단 하나를 구조하기 위해 던져 버리는 일은 뼈 아픈 일이 아닐 수 없었다.

바깥 전장에서 용병들은 장전한 글록 권총을 다리에 차고 다닌다.

주 무기 대신 그 권총을 사용하는 순간이 왔다는 것은 정말로 위태로운 지경에 빠졌다는 걸 뜻하는데, 지금이 비슷했다.

에단의 돌발 행동으로 인해 최고의 공격대를 권총처럼 꺼내게 되었다.

'그래도 구할 수만 있다면 무엇을 희생시키든지 간에……'

그때 성일이 메이슨에게 말을 붙였다.

"형씨. 한국말 할 줄 알아?"

"안다."

"그럼 똥꾸녕 불난 듯 굴지 말고 가만히 있어 봐."

"……?"

"괜히 나가서 짐짝 되지 말고."

성일은 에단이 향한 방향을 향해 턱짓하며 마저 말했다.

"이제 알게 될 거여. 왜 오딘인지."

메이슨은 느긋하게 팔짱까지 끼는 성일을 이해할 수 없었다.

그때 불기둥이 치솟았다.

Chapter 8.

기관의 부름을 받기 전, 군사기업 화이트 워터의 용병이었던 때 있었던 일이다.

　　때는 8.11 테러의 원흉 빈 라덴이 파키스탄 부족의 지역에서 국경을 제집처럼 오간다던 정보가 끊임이 없던 때였다.

　　모국인 미국뿐만 아니라 동맹국들의 특수 부대들.

　　그러니까 델타포스를 비롯한 영국의 SAS팀 등이 합세한 비밀 합동 작전이 진행 중이었고, 메이슨도 샤이코트 계곡과 아르마 산을 주 무대로 활동했었다.

　　거기는 진흙 요새들이 많았다.

최우선 목표는 어디까지나 빈 라덴을 생포하는 것이었지만 빈 라덴이 그의 아지트를 비웠다는 확실한 정보를 입수한 다음부터는 임무가 바뀌었다.

진흙 요새에 숨어 게릴라 작전을 펼치는 테러 조직들을 박멸하는 것으로.

언론에는 잘 알려지지 않았으나 그때 무수히 많은 폭격이 있었다.

쉬아아앙, 하는 전투기 소리가 지나가고 나면 폭음이 천지를 진동시켰다. 불기둥이 하늘로 치솟고 진흙 요새들은 산과 함께 무너졌었다.

미니건을 수없이 갈긴들, 아파치 헬기들이 저공비행을 감수한들.

난공불락의 지형을 보호막 삼아 끄떡없던 진흙 요새들이 하늘에서 떨어진 불벼락 한 번씩에 파괴되어 갔었다.

그런데 그보다 더한 광경이었다.

콰앙!

프랑크 길드의 군진 외곽에서 거대한 불기둥이 수직으로 하늘을 꿰뚫어 올랐다. 군진 중앙에서 비껴 난 걸로 봐서는 위협의 용도로 보였지만, 실로 어마어마했다.

폭발 소리와 함께 외벽 바닥에까지 진동이 전해져 왔다. 굉장한 폭발 소리에 묻혀 들리지는 않지만, 폭화(爆火)에 휩쓸린 자가 있다면 아비규환의 울부짖는 소리가 엄청날 테지.

저 불지옥 속에선 어떤 방어막으로도 견딜 수 없을 것 같았다.

메이슨은 할 말을 잃었다.

'에단께서…… 이게 사람이 낼 수 있는 화력이란 말인가.'

어쩌면 각성자라는 것이 인류 진화의 다음 단계일지도 모른다는 말들을 심각하게 생각했던 적이 있었다.

시스템에 의해서였기에 유전적 종착역이라곤 할 순 없지만, 신(新) 인류의 탄생이라는 점에서는 그도 공감하는 이야기였다.

체력을 높이면 신체의 방어적 능력과 행동적 능력이 향상된다.

근력과 민첩을 높이면 근육 수축의 태생적 한계를 초월하는 힘과 스피드가 깃든다.

감각을 높이면 시각, 청각, 미각, 후각, 촉각의 비약적인 향상으로 인지 능력이 전후(前後)를 비교하는 것 자체가 우스울 정도로 상승해 버린다.

사실 감각만으로도 기존의 인류와는 다른 종으로 구분되는 것이 마땅한 일.

하물며 다양한 스킬들은 흔히 기적이라 칭해지는 일들을

가능케 한다.

그럼에도 긴가민가했던 가정들.

만일 몬스터의 위협으로부터 해방되었을 때.

구(舊)인류가 신인류를 배척한다면?

각성자들이 몬스터처럼 취급되어 현대의 군사력과 충돌하는 일이 벌어진다면?

너무 먼 미래고, 절대 일어나서는 안 될 일이라지만 인류의 역사는 언제고 그래 왔다.

위기가 해소되고 나면 전 세계는 각성자들을 또 다른 문제로 취급하며, 이스라엘의 가자 지구 같은 것을 만들어 통제하려 들 것이다.

이에 각성자들은 당연히 수긍하지 않을 테고!

전체의 구인류와 극소수의 신인류 사이에 전쟁이 일어날 확률은 대단히 높다.

그때 가서는 과연 각성자들이 구인류를 상대로 승리할 수 있을 것인가?

지금껏 메이슨은 그 문제에 대해서는 회의적이었다.

하지만 저 멀리에서 치솟은 불기둥이 천지를 뒤틀어 버리는 걸 보고 나자 생각이 바뀌었다.

저게 일회성에 그치지 않고 영구적으로 가능한 스킬이라면!

그렇다면 에단은 살아 움직이는 핵폭탄이나 다름없었다.

아아. 그러니 그럴 수밖에.

에단은 이미 전 인류의 영웅이지만, 더 나아가 신인류의 영웅으로도 존재할 수 있는 분이셨다.

"에단······."

메이슨은 온몸이 떨렸다.

＊　　　＊　　　＊

거대한 폭발 다음에 갑자기 조용해졌다고 생각한 것도 잠시.

성일의 찌푸린 인상에서 이와 잇몸이 드러났다.

"대화가 잘 안 됐나 본디. 그놈의 인드라는 어지간히 찾아야지."

메이슨의 가시거리를 넘어 버린 곳에서 일어나고 있지만, 성일에게는 아니었다.

뇌력에 휘감긴 잔영들이 스치고 지나갈 때마다 목 잃은 몸뚱이들이 뒤로 넘어가고, 그렇게 대지에 부딪힐 때면 어김없이 잿가루로 흩어져 버렸다.

그 광경이 메이슨에게는 그저 뇌력들이 튀어 대는 것으로만 뭉뚱그려 잡혔다. 푸른 악령들이 스치고 다니는 것처럼 보였다.

프랭크 길드 군에서 전의가 상실되어 버린 건 아주 금방이었다.

질서라곤 없었다.

살짝만 닿아도 어느새 방어막을 꿰뚫고 살점을 찢어 가는, 그 벼락 줄기를 도망쳐 다니다 보니 아무렇게나 흩어져 버린 것이다.

젠가 게임에서 밑동을 건드렸을 때처럼 와르르였다.

그때는 외벽 위, 캣 푸드 웨어하우스들에서도 환호가 없었다.

그들은 적들이 느끼고 있을 공포에 똑같이 빠져들어 있었다.

특히 권역의 경계 면에 막혀 허둥대고 있는 꼴들은 남 일 같지가 않았다.

갇혀 있기는 매한가지였다.

[경고 : 권역 밖으로 이탈할 수 없습니다.]

메이슨은 놀란 마음을 추스르고 나서야 주변의 분위기를 파악했다.

이제는 휘하들에게도 들려줘야 할 때였다. 길드장 이데마의 인가는 필요치 않았다. 그도 같은 마음이라는 것은 오래전부터 확인해 둔 터였다.

메이슨은 모두에게 외치기 전에 성일에게 다시금 확인했다.

에단은 시작의 장 내내 오딘이란 이름을 사용하고 있다 했다. 퍼뜩 떠오른 것인데 마리 또한 에단을 그렇게 부른 바 있었다.

이번 장부턴 오딘께 합류한다고 외쳤지만, 이번에도 메이슨의 외침만 공허하게 웅웅거릴 뿐이었다.

다들 눈앞에서 벌어지고 있는 광경에 정신을 빼앗겨서, 메이슨의 외침은 소음이 되고 만 것이다.

그때 오딘이 돌아왔다.

얼마나 빠른 속도였는지 오딘이 남긴 잔영들은 그의 이동 경로를 따라 여전히 남아 있었다.

쉐아아악—

온갖 잔영들이 오딘의 몸으로 빨려오듯 일순간 사라지며 바람이 불었다.

미친 듯이 휘몰아치며 사납게 부는 바람이었다.

거기에 함께 딸려 왔던 프랑크 길드의 번개 문양 깃발은 겨우 형체만 남아서 저만치로 날아가 버렸다.

소리를 내면 그 즉시 처형될 거라 여기고 있는지, 캣 푸드 웨어하우스 모두는 코만 벌렁거리며 숨을 죽이기 시작했다.

오딘과 마주하고 있는 메이슨은 두말할 것도 없었다.

돌아온 오딘은 두 눈덩이를 파서 촛불을 거기에 심어둔 것 같은 인상이었다.

오딘의 이글거리는 눈빛은 천천히 가라앉았다. 그의 몸에서 튀어 대는 뇌력들도 몸 안으로 갈무리되고 있었다.

메이슨은 즉각 동원 가능한 모든 병력을 이끌고 나갔다.

직접 가까이 다가가 본 현장에선 아직도 뇌력들이 튀고 있었다.

"오해하지 말아 주십시오…… 솔직히…… 우리에게 잘 된 일인지 모르겠습니다."

도로시의 목소리에서 긴장감이 묻어났다. 직전의 충격으로 아직까지도 입술이 시퍼렜다.

"우리하고는 차원이 다른 사람입니다. 만일 그가 우리에게……."

도로시는 말을 채 끝내지 못했다. 열을 크게 내는 법이 없던 메이슨이 순간 얼굴이 벌게질 정도로 소리를 높였기 때문이었다.

"헛소리 집어치워!"

"……."

"뭘 안다고 지껄이냐. 누구 덕분에 피 하나 흘리지 않았는데."

"죄송합니다."

메이슨은 한숨을 내쉬었다.

압도적인 힘의 차이 앞에선 같은 각성자들 사이에서도, 심지어 그분의 휘하로 들어가게 될 걸 알고 있으면서도 의심의 눈초리로 바라본다.

이러할진대 구인류들이 바라볼 각성자들은 또 어떻단 말인가.

시작의 장은 이름 그대로 시작에 불과하다. 헤쳐 나갈 일들이 많다.

시작의 장에서 끝까지 생존.

바깥에서는 몬스터 군단들의 위협으로부터 지구를 구하고, 구인류들과의 갈등을 원만히 해결해야 한다.

세계 각성자 협회와 하나된 기관 안에서!

에단, 오딘. 어떤 이름으로 불리든 모두의 영웅 아래에서!

메이슨은 마음을 누그러트리고 달래듯이 말했다.

"넌, 저분이 어떤 희생을 치르며 여기까지 오셨는지 아무것도 모른다. 바깥에서 어떤 힘을 지니셨는지도 상상조차 못 하겠지. 들려줘도 믿기 힘들 테지만."

메이슨은 먼 폭발의 중심지를 향해 말했다.

"도로시."

"네."

"기다려라. 너에게도 언젠가는 들려줄 날이 있을 테지. 인류 모두도 언젠가는 깨닫게 될 날이 올 테지. 우리에게 저분이 존재한다는 것이 얼마나 감사한 일인지를……."

*　　　*　　　*

레볼루치온(12)로 향했던 베일 군단장과 그의 공대원들이 시체로 발견되었다.

용기를 뜻하는 프라주 군단이 통째로.

지원군으로 합류해 있었던 긍지의 피에르테 군단도 반 이상이 캣 푸드 웨어하우스들에게 생포되어 버렸다고 했다.

북쪽으로는 레볼루치온, 동쪽으로는 캣 푸드 웨어하우스와의 전선(前線)이 만들어져 버린 것인데 사태는 심각했다.

"거대한 막에 가로막혀 진입할 수가 없었습니다. 막이 사라지고 났을 때는…… 아무런 일도 없었던 것처럼 텅 비어 있었습니다."

언제고 아닌 적이 없었지만, 이번에는 특히나 유별났다.

"'무단 점거 시 사망'이라는 이름이었습니다."

프랑크 길드의 간부들은 섣불리 입술을 열지 못했다.

베일 군단장 일은 그리 허무하게 죽을 것이라곤 누구도 예상 못 했지만, 이해는 할 수 있었던 일인 반면에.

근 만 명에 육박하는 길드원들이 생포되고 만 일은 어떤 가정으로도 설명이 되지 않는 일이었다.

거기서 돌아온 자의 설명에 따르면 교전 흔적 하나 찾을 수 없었다는 것이다.

핏방울 하나 없이.

제일 먼저 입을 연 건 피에르테 군단의 군단장인 잔느였다.

"난 아니야."

그녀는 본인에게 쏠리는 시선들에게 말했다.

"뭐가 아니란 말이냐?"

거대한 막 속에서 무슨 일이 벌어졌는지는 누구도 알 수 없다.

그러나 뻔한 일이 아니던가.

교전 흔적 하나 없었다는 건, 그들 사이의 배신을 의미한다.

"내 군단을 반이나 빼앗긴 것만으로도 충분해. 나까지 의심을 받아야겠어?"

위험한 계산을 하고 있는 게 분명한 인드라에게도 황급히 말햇다.

"위대한 인드라. 전 아닙니다. 믿어 주세요. 저는 조금도 모르는 일이에요. 제게 책임이 있다면 길드의 지시에 따라, 위대한 인드라의 강력한 길드원이자 제 군단원들이기도 한 이들을 지원군으로 보내 준 것밖에 없습니다."

인드라는 대답이 없었다.

그녀를 공격하는 언사들은 그녀의 라이벌들에게서 나왔다.

"네 부장들도 대거 합류해 있었어. 그게 무슨 뜻인지 모르나?"

"애초부터 배신을 마음먹고 출정했는데, 무엇인들 못 할까? 당신이 거기에 있었어도 사정은 크게 달라지지 않았을 걸?"

긴급 회동은 피에르테 군단의 배신으로 귀결되고 있었다.

1진영과 2진영의 세력 구도가 그 배신 한 번으로 뒤바뀌어 버렸다. 배신의 대가로 무엇을 약속받았는지는 모를 일이지만…….

평온한 바다에서는 모두가 훌륭한 선장이다. 실제로 프랑크 길드의 군단장들은 각 도시를 훌륭히 이끌며 2막 1장을 최고 성적으로 완료했다.

그러나 태풍이 몰아치는 밤바다나 마찬가지인 지금.

소비적인 논쟁 따윈 아무런 득이 되지 않는다는 걸 다들 깨달았다. ·

군단장들의 시선은 인드라에게 향했다.

그때 인드라가 몸을 일으켰다. 잠시 후 그는 완전 무장한 모습으로 돌아왔다.

좀처럼 듣기 힘든 인드라의 목소리도 그때 나왔다.

"중앙 지역을 유지할 수 없다."

모두의 머리 위에 물음표와 느낌표가 떠올랐다.

최약체 레볼루치온들의 시작 영토, 즉 북쪽 지역으로 이주하겠다는 과감한 결정이었다.

중앙 지역의 방어 구조물들은 전부 파괴하고서.

*　　　　*　　　　*

캣 푸드 웨어하우스가 중앙 지역으로 진출, 제 1세력의 권리를 행사하는 과정에서 세계 각성자 협회, 신 삼합회와 충돌하기 시작할 때.

그때를 재역전의 기회로 삼을 수 있을 것이다.

2장이 시작되기까지는 아직 시간이 많이 남아 있었다. 일단 레볼루치온을 합병해 북쪽에서 웅크리고 있을 계획이었다.

인드라는 침착했다.

그렇게 표정은 없지만, 눈 밑에서 꿈틀거리는 근육의 움직임이 그의 불편한 심기를 드러내고 있는 것도 사실이었다.

[도시: 무단 점거 시 사망 방어 레벨: 1

관할: 레볼루치온(12) 거주민: 0명

시장: 권성일]

버려진 도시이자 가장 신임하였던 부하 중 하나를 앗아간 도시.

인드라는 수습되어 온 베일의 시체를 맞이했다.

이미 죽어 버렸기에 잘린 얼굴과 몸뚱이에도 구타당한 흔적들이 고스란했다. 벌써부터 이계의 벌레들이 상처들을 파먹으며 득실거렸다.

특히 얼굴 쪽은 강력한 충격이 수많이 직격했던 것 같았다.

너덜너덜한 발목 쪽에는 꽉 쥐어졌던 건지 손자국이 선명했다.

발목이 붙잡힌 채로 휘둘러진 것이었다. 처참한 모습과는 달리 사인의 원인인 목 절단면은 흠잡을 데 없이 깔끔했다.

당시의 과격했던 전투 흔적은 거리 곳곳에 남아 있었다. 인드라는 전투 현장을 돌아보면서 이게 한 사람의 작품이라는 것을 깨달았다.

레볼루치온에 베일과 그의 주력 공격대를 혼자서 깨트릴 수 있는 자가 존재한다는 것인데, 레볼루치온의 최고 수장일 가능성이 높았다.

그 또한 첼린저 박스에서 스킬을 선택했던 것일까? 자신이 그래 왔었던 것처럼 숙련도를 높일 자원을 확보해 둔 것이고?

아무래도 좋았다. 그것이 인드라의 칼날 이상일 순 없으니까.

인드라의 칼날은 단일 공격에 특화된 스킬.

시전 즉시 적중되며 피해를 끊임없이 누적시키다 못해, 대상을 갈기갈기 찢어발길 때까지 중단되질 않는다. 결코!

뇌전 특성을 지녔음에도 죽음 특성을 지닌 어떤 것들보다 강력했다.

인드라는 강한 확신이 있었다.

레볼루치온의 길드장이 첼린저 박스에서 어떤 스킬을 띄웠든지 간에 스킬 자체의 위력은 물론 스킬 숙련도의 차이가 분명할 수밖에 없다.

더욱이 그걸 논하려면 레볼루치온의 길드장은 본연의 레벨부터가 자신에 필적해야 하리라.

인드라는 고전적인 방법으로 레볼루치온을 합병시킬 생각을 하고 있었다.

결투를 통해 양측에 피해 없이.

그 결투를 성사시킬 자신도 물론 있었다.

이윽고 인드라의 앞으로 레볼루치온 길드원 하나가 끌려왔다. 이웃하고 있는 도시의 안전지대에서 붙잡혀 온 사내였다.

그런데 특이할 점은 적대 세력에게 붙잡혀 온 사실보다도 이 도시에 들어오게 된 일을 더욱 두려워한다는 데 있었다.

"도시 밖으로 보내 달라고만 합니다. 출입이 금지된 도시라는 말만 되풀이합니다."

인드라가 보기에도 레볼루치온 사내는 몹시 절박해 정상적인 대화가 불가능할 정도였다.

머지않아서였다.

통역을 거치지 않아도, 반복되어서 들려오는 그 단어가 이 도시의 주인을 뜻하는 것임을 깨달았다.

오딘. 오딘. 오딘.

시장으로 지정되어 있던 권성일의 또 다른 이름일 수 있었다.

자신이 인드라라는 신의 이름을 쓰기 시작한 것처럼.

"권성일은 오딘의 심복이고, 여기는 오딘의 거주 도시라고 합니다. 이들은 오딘이라는 자를 구원자라고 여기고 있습니다."

어떻게든 심문이 계속되면서 레볼루치온의 정체가 가닥 잡히고 있었다.

그랬나?

레볼루치온은 교단이었다.

세계 각성자 협회처럼 중복 넘버링이 부여된 이유도 거기에 있었다.

사이언톨로지교(Scientology)처럼 널리 알려져 있던 신흥 종교는 아니지만, 교세만큼은 시작의 장에서도 찾을 수 있을 만큼 바깥 전 세계에 퍼져 있었던 모양이다.

시대와 환경에 관계없이 사람들은 절대적 구원자를 찾아 헤맨다.

신이든, 물질이든, 자연 현상이든. 거기서 파생된 종교들의 주장은 일맥상통한다.

교리에 따르면 정신과 육체를 치유할 수 있으며, 예정된 말세가 도래하면 구원자가 나타나 교도들을 이끌어 줄 것이라는.

즉 레볼루치온의 진짜 구심점은 길드장이 아니라 오딘이라는 자였다.

길드장은 제사장과 같은 역할.

그부터가 오딘을 숭배하고 있었다.

"이들의 눈에는 오딘이라는 자가 그들 교리의 구원자로 보였던 모양이에요."

잔느는 경멸에 찬 눈초리로 레볼루치온의 사내를 바라보았다.

지금까지 와서도 교리를 찾다니.

그 얼마나 지독하고 끔찍한 광신(狂信)인가.

레볼루치온의 교단 지도부는 시작의 장에서까지 교세를 확장시키고 있는 것이었다.

이런 광신도들이 바깥 사회로 돌아갈 날을 떠올린 잔느는 절로 몸서리쳤다.

그때부터 잔느가 통역관을 두고 심문을 주도했다. 레볼루치온 사내의 눈깔이 고통에 뒤집힐 때마다 그것을 바로잡는 힐러가 어김없이 붙었다.

이들의 종말론은 '둠 카오스'라는 악신으로부터 비롯되어 있었다.

그가 휘하 여섯의 마왕들을 지휘한다. 그리고 바깥을 침공한 외계 문명들이 사실은 둠 카오스 및 여섯 마왕들의 지시를 따르고 있다는 것인데.

카톨릭 성경, 요한 묵시록에서 다뤄지고 있는 종말적 시나리오와 크게 다르지 않았다. 이들의 교리에서 특별히 주목할 것은 없었다.

세계를 멸망시킬 재앙들이 나타나고 거기에서 구원자가 강림한다는 이야기는 정말로 주목할 게 없는 것이었다.

자연적으로 고쳐져 온 시스템을 두고 구원자가 행한 일이라 하는 것이나, 악신 둠 카오스의 권능을 홀로 감당하고 있다는 이야기들도 거짓 신성을 부풀리는 데에 사용되는 것일 뿐이다.

범죄 조직이 길드의 수뇌부를 구성하는 것보다 더 끔찍한 집단.

잔느는 이들을 합병시키는 것이 큰 문제라고 여겨졌다.

광신도들은 거짓 신앙을 전파하는 데 매우 능한 자들이다. 그 집요함 외에, 광신도 특유의 막힌 구석들 때문에라도 그들은 프랑크 길드 안에 온전히 스며들 수가 없다고 판단했다.

심문이 끝나 갈 무렵. 길드 간부들의 표정은 한층 더 어두워졌다.

레볼루치온이 이런 광신도 집단인 줄 사전에 알았다면 위대한 인드라의 결단을 돌려놓는 데 최선을 다했을 것이다.

사정이 아무리 급박했을지라도 말이다.

*   *   *

레볼루치온의 총 교단인 '구원자의 도시'로 진격하기
전, 이 도시에서 하루 머물기로 결정됐다.

더러운 거리, 파괴된 건물들 사이에서 인드라의 군대가
휴식을 취하는 동안.

잔느는 시청 건물로 들어섰다.

도시 이름을 경고문으로 쓰기만 할 뿐, 정작 방어 병력은
0명인지라 도시의 소유권을 가져오는 건 어렵지 않은 일이
었다.

집무실로 쓰이는 안실에는 아무것도 없었다. 손재주에
능한 자들로 하여금 채워 넣은 사무 가구 하나 없이, 텅텅
빈 거기 바닥에는 징표만 박혀 있었다.

잔느는 2막 1장을 간신히 통과한 열세 그룹답다고 생각
했다.

잔느가 인장처럼 기하학적인 문양으로 구성된 커다란 징
표를 밟고 서자.

[점거까지: 9분 59초]

[점거까지: 9분 58초]

떠오른 창의 타이머가 일 초씩 줄어들기 시작했다.

[점거까지: 9분 57초]

밟고 선 지 정확히 3초가 지나고 있던 때였다. 잔느의 눈이 빠르게 깜빡였다.

일점(一點)으로 시작된 다채로운 빛무리가 갑자기 커져 버리며 눈을 찔러 들어왔기 때문이었다. 그건 점거 과정에서 일어나는 빛무리가 아니었다.

"커억!"

잔느는 갑작스러운 충격을 받고 쓰러졌다.

뭔가가 자신을 짓누르고 있었다.

저항하려 해도 도무지 할 수 없는, 굉장한 압력에 숨이 막혀 왔다.

눈부신 빛무리가 사라지고 났을 때.

잔느는 바닥에 깔려 있었다.

보호막을 상실했다는 메시지와 함께 아이템이 파괴되고 있다는 메시지들도 솟구쳤다.

하지만 그러한 메시지 따위는 조금도 보이지 않았다. 숨을 쉴 수가 없었고 시야는 그대로 흐릿했다.

선명한 것이라곤 자신을 내려다보는 눈깔 두 개뿐이었다.

어찌 된 영문인지는 모르겠으나, 잔느는 그런 강렬한 직감을 받았다.

이 도시의 본래 주인이 돌아왔다!

사이비 광신도들의 숭배 대상이.

＊　　　＊　　　＊

여자의 흉갑은 빛을 잃다 못해 파괴되었다.

[이름: 잔느 위페르 레벨: 336 (다이아)

길드: 프랑크

군단: 피에르테 공격대: 잔느]

이런 여자가 인드라일 리는 없었다.

살짝 튀겨 올린 벼락 줄기로 여자의 손과 귀를 잘라 띄웠다.

손에는 햐야그리바의 철퇴라고 하는 A급 402레벨짜리가 움켜쥐어져 있었고, 양 귀에는 테세우스의 빛이라 하는 A급 432레벨짜리 귀걸이가 덜렁거리고 있었다.

뇌력을 운용하는 것은 이제 내 사지를 움직이는 것과 다르지 않았다.

송곳 같이 뾰족하고, 보검 같이 날카로우며, 고무처럼 유연한 움직임으로.

뇌력 줄기들은 허공에 띄워진 여자의 신체 일부분에서 아이템만 떼어 놓았다.

그 그을린 손과 귀 두 짝이 다시 바닥으로 떨어졌을 때는, 여자의 아이템들은 이미 내 수중을 거쳐 보관함 속으로 들어가 있었다.

그때도 여자는 도살대에 올려진 암사슴처럼 저항이 불가능한 상태였다.

여자의 허리를 걷어찬 즉시.

"악!"

여자의 외마디 비명만 잠깐 남겨질 뿐, 여자는 벽들을 뚫고 사라졌다.

나는 그렇게 뚫린 벽 구멍을 통해 바깥으로 나왔다. 본시 점령군답게 느긋하게 늘어져 있던 것들이 부랴부랴 몸을 일으키고 있었다.

예상에서 빗나가지 않았다. 거리는 그것들로 득실거렸다.

프랑크 길드는 대군을 끌고 내 영역으로 진격해 온 것이었다. 중앙 지역을 포기하고.

그러한 과감한 판단을 내릴 줄 아는 자가 길드장으로 있었기에, 최고 성적으로 여기까지 도달할 수 있었던 것이겠지.

불운이라면 불운일 수 있겠고 행운이라면 행운일 수도 있었다.

나와 같은 무대를 시작하게 된 것이 말이다. 그것이 과연 불운이 될지, 행운이 될지는 오로지 인드라라는 녀석의 선택에 달렸다.

나는 달려들고 있는 녀석들을 향해 한마디만 던졌다.

내가 이 도시의 주인, 오딘이라고.

영어를 할 줄 모르는 것들인지, 그럼에도 달려드는 것들에겐 오딘의 분노가 기다리고 있었다.

빠직. 빠지지직—!

벼락 줄기들의 날름거리는 혓바닥이 사그라든 뒤.

벌려진 거리에서 녀석들의 웅성거림이 들려오기 시작했다.

프랑스어에는 조예가 깊지 않았다.

그래서 녀석들이 나를 지칭하고 있는 게 분명한 '파나티크(Fanatique)', '소뵈르(Sauveur)' 등의 단어가 무슨 뜻인지 알 수 없었다.

그러나, 모른다고 해서 썩 좋은 느낌으로 다가올 리도 없었다.

나를 이미 적으로 규정했기 때문이었다. 개안의 가시거리에 내가 있는 모든 녀석들이 나를 꿰뚫어 보려는 시도가 끊임이 없었다.

시스템이 정말로 컴퓨터였다면, 저러한 디도스 공격에 버벅거리기 시작했을 것이다.

하지만 정작 버벅거리는 건 녀석들이었다.

내게 낯간지러운 시선을 던져 봤자, 창 하나 뜨는 것 없이 실패 메시지만 뜨고 있기 때문이었다.

그건 녀석들로선 단 한 번도 겪지 못한 일이다. 녀석들의 상식선에선 레벨 구간의 차이가 분명해도 물음표로 가려진 창이라도 떠야 하는 거였다.

A급 무구 몇 개를 착용하고 있는 녀석들, 즉 2막 1장을 확실한 분기점 삼아 피라미드 구조상의 최고 정점에 도달한 넷의 낯빛도 어두워지던 때.

한 녀석이 무리 속에서 빠져나왔다. 내 시선을 이기지 못해서였을 것이다.

"훌륭한 뇌전이다. 그것들의 이름은…… 역시 오딘이겠지. 그럼 그대에게 결코 손해 없는 제안을 하나 하겠다."

대답 대신 시선을 던졌다.

[대상을 완벽하게 간파 하였습니다. (스킬, 개안)]

[이름: 제라드 드 골드슈타인 레벨: 360 (다이아)
길드: 프랑크
군단: 인드라 공격대: 인드라]

[인드라의 칼 (스킬)
스킬 등급: S
효과: 강력한 뇌력을 대상에게 집중 시킵니다.
숙련도: LV.3 (12.39%)
재사용 시간: 3분]

하지만 단연코 제일 눈에 띄는 건 녀석의 패밀리 네임, 골드슈타인이었다.

양복 입은 독사들을 짓밟고 그들의 머리 위에 올라서기 위해서는 둘 중에 하나였다.

그런 자들의 습성을 꿰뚫어 보고 있거나, 본인부터가 그런 자들의 하나일 경우이다. 이는 엄연히 다른 문제로 철저한 엘리트 교육을 통해 학습이 가능한 일이었다.

녀석이 말했다.

"당신도 공감할 것이다. 우리 양 진영 간의 전면전은 다른 세력들만 기쁘게 해 줄 일."

다양한 가면을 상황에 맞춰 쓸 수 있는 녀석으로는 보이지 않았다.

딱딱한 가면 하나만으로 자신을 보호하고 있는 녀석이었고, 여기까지 이르렀음에도 녀석에게선 여전히 엘리트의 향취가 감돌고 있었다.

골드슈타인의 패밀리 네임을 쓰는 자들은 많지만, 녀석이 종가의 일원이라는 데 많은 돈을 걸 수 있다.

태어난 순간부터 가문의 지원 아래 왕도(王道)를 배워 온 녀석이란 거다.

비록 골드슈타인이 몰락했다지만 전일 클럽의 말단에 잔존하고 있는 것 자체로 그들은 여전히 명문 중의 명문!

녀석의 푸른 눈부터가 현 가주, 콜튼 스펜서 골드슈타인과 어쩐지 닮아 있는 것 같았다.

녀석이 그런 눈으로 말을 이어 나갔다. 감정 하나 실리지 않은 말투로.

"그럼에도 합병은 불가피하다. 양 진영 간에 피를 흘리지 않고, 우리 두 수장 사이에서만 결정을 내렸으면 한……."

그 말을 잘라먹으며 내가 할 말을 내뱉었다.

"후계자 수업을 받았나?"

"……."

"골드슈타인 가문의 정통(正統)이냐는 거다."

확답이 떨어진다면 골드슈타인 가문 전체를 축복할 일이었다.

칠악이 시바의 칼로 네임드의 반열에 올랐는데, 인드라의 칼도 그에 못지않은 스킬이지 않은가.

그 모든 스킬들을 포함하고 있는 데비의 칼에는 미치지 못하지만, 그래서 원래부터가 데비의 칼이 사기 스킬이라고 불렸던 것이다.

"우리 가문을 잘 알고 있나 보군. 그렇다면 내 휘하로 들어올 텐가?"

제대로 웃겼다.

"지금부터 그걸 따져 보지."

나는 녀석에게 따라오는 손짓과 함께 몸을 돌렸다.

다다닷.

녀석의 군대가 시청으로 돌아가는 길목을 급히 차단했다.

뇌력 줄기를 날려 보낼 필요는 없었다.

비켜서라.

그런 뜻이 분명한 프랑스 말이 앞길을 벌려 놓았다.

　　　　　*　　　　*　　　　*

　　나와 독대를 하다가 일이 벌어져도, 혼자서 나를 죽여 놓을 자신이 있는 것 같았다. 그렇지 않고서야 압도적인 물량과 친위대로 활용하고 있는 것들을 다 내버려 둘 순 없었다.

　　녀석은 꼬리 하나 달지 않고 묵묵히 따라왔다.

　　하기는 인드라의 칼이 그런 스킬이다. 일대일 전투에 특화된 스킬.

　　숙련 레벨이 고작 3레벨임에도 녀석의 자신감은 틀리지 않았다. 어디까지나 상식선에선.

　　"우리 가문을 아는 자들은 많다. 그러나 자세히 아는 자는 드물지. 자세히 안다면 당신의 사회적 지위가 낮지 않다는 것이다. 말해 봐. 당신은 우리 골드슈타인에 대해 어떻게 알고 있지?"

　　"전일 클럽의 멤버. 몰락했지만 그래서 몰락하지 않은."

　　처음으로 녀석의 두 눈 위로 감정이 피어올랐다. 불쾌감은 보이지 않았다.

　　녀석은 놀란 반면 이해할 수 없다는 듯이 말했다.

　　"각성 나이는 많이 차이 나지 않아 보이는군. 하지만 어디에서도 당신을 본 적이 없다."

그 흔한 사교 클럽들을 말하는 것 같았다. 혹은 상류 가문의 자제들만이 머무는 학교나 성당 같은 시설에서도 말이다.

전 세계의 그들은 주기적으로 만나 교류의 끈을 놓지 않는다.

"솔직히 뜻밖이군. 설령 세계 정부에 대해 알고 있어도 빌더버그라는 이름으로만 알고 있을 뿐이다. 알겠지만 그건 옛 이름이지."

그렇다고 새파랗게 어린 이 녀석이 전일 클럽의 구성원이라는 것은 아니다.

골드슈타인을 대표하고 있는 자는 콜튼이다.

제 가문을 잔존시키기 위해 던전에서 죽은 누이를 외면하고, 가문 사업들을 제이미 코퍼레이션에 일체 양도한 당사자.

골드슈타인의 가주이며 현재까지도 유럽 연합 이사회의 중역으로, 고통스러웠던 선택에 대한 보상을 누리고 있었다.

그때 녀석의 입에서 그 이름이 뱉어졌다.

"그럼 내 조부님을 알고 있을지도 모르겠군. 콜튼 스펜서 골드슈타인."

그렇게 녀석은 자신이 정통 후계자임을 밝히고 나왔다.

"물론 알지."

"시작의 장이 끝난 후 세상이 어떻게 돌아갈지도 알고 있겠군."

녀석의 입꼬리가 살짝 올라갔다. 그러나 거기까지다. 감정을 드러내지 말라는 교육을 받았던 것일까, 녀석은 의도적으로 표정을 지우고 마저 말을 이었다.

거기서 받은 인상은 녀석이 나와의 대화를 즐기고 있다는 것이었다.

비로소 자신과 말이 통하는 자를 만났다는 듯이 말이다.

"세계 정부는……."

녀석이 말하는 세계 정부란 전일 클럽이다.

"당신도 사리가 분명한 것 같으니 알 테지. 세계 정부는 당신을 광신하고 있는 자들을 달갑지 않게 여길 것이다. 피치 못할 제재는 당연할 것이고, 당신에게도 피해가 돌아갈 것이다. 광신도들을 바깥까지 끌고 가는 건 자살 행위임에 틀림없다."

사실을 다 알았다면 결정을 내리라고. 자신의 휘하로 들어오라고.

그럼 전일 클럽과 함께하고 있는 자신의 가문 속에서 영광을 누리게 해 주겠노라고.

적나라하게 말하지 않았을 뿐이지, 녀석이 보내오는 시선은 분명했다.

"결정할 시간이 필요하겠지만. 오늘 안으로 정리⋯⋯."

"네가 골드슈타인의 정통이란 건 믿어 주지. 하지만 말단의 후계자 따위가 건방져."

일부러 자극시켜 봤어도 녀석의 표정엔 변화가 없었다.

눈 밑의 근육만 살짝 한번.

움찔거리고 끝이었다.

"네 조부는 들려줄 수 없었을 거다. 들었다면 그렇게 부끄러운 말을 할 수가 없지. 전일 클럽을 지배하고 있는 사람에 대해서 말이다."

녀석의 두 눈에서 매우 뚜렷한 이채가 번뜩이는 순간이었다.

"그자는 한국인이다. 네 녀석과 비슷한 연배고, 바로 네 앞에 서 있지. 네가 고개를 숙여야 할 이유이기도 하다."

감추지 않았다.

지금 알게 되는 것이나, 추후에 골드슈타인의 새로운 가주로 등장하며 알게 되는 것이나.

어차피 알게 될 일이라면 녀석의 말마따나 양 진영 간에 피해 없이 합병 절차를 밟는 과정에서 이뤄지는 게 낫다.

2막 2장은 칠마제 군단의 본토를 향해 역습이 시작되는 무대.

언제나 그렇다. 장이 시작되기 전에 레볼루치온의 이름

아래 일통되어야 할 것이다.

나는 녀석을 납득시킬 준비가 되어 있었다. 녀석의 조부와 얽혀 있던 비화를 주절거려 줄, 바로 그 준비 말이다.

그렇게 녀석을 납득시켜 나갈 때였다.

그런데 마지막 무렵.

녀석의 눈동자를 뚫고 살기가 뻗쳐 나왔다. 녀석의 목소리에서도.

"설마 했었는데 신은 내 편이군. 당신을 내게 보내 줬잖아. 지금 이 순간에."

오랫동안 눌러만 왔을 감정이었기에 그 순간의 살기는 맹렬히 타오르고 있었다.

"전일 클럽의 주인을 이렇게 만날 줄이야. 아는가? 바깥에 나가면 당신부터 찾아갈 생각이었지."

제 머리를 쓸어 올리며 더욱 분명하게 드러난 두 눈은, 불구대천의 원수를 보는 눈이었다.

"한국으로. 나선후라는 자에게. 철퇴를."

*　　　*　　　*

찬란했던 가문들의 영광을 전부 앗아 가 버린 자가 있었다.

그것으로도 모자라, 제 측근들을 세계 정부의 최상부에

포진시켜 놓고선 수백 년의 질서를 붕괴시킨 자였다.

골드슈타인도 그때 무너졌다.

조부님은 항상 괴로워하며 사셨다. 정신을 가누지 못할 정도로 술에 취할 때면 자신을 불러다 언제나 그 말씀이었다.

그리고 이튿날이면 아무것도 기억 못 하셨지만, 죄책과 고통에 찌든 두 눈만큼은 전날 밤의 눈과 동일하곤 했었다.

그리고 그것이야말로 가문의 현실이었다. 비참한 현실.

하지만 기회가 왔다. 인드라는 망설이지 않았다.

지금밖에 없었다.

바깥에서는 절대 도모할 수 없을 일!

[인드라의 칼을 시전 하였습니다.]

*　　　*　　　*

녀석의 벼락 줄기에서 뿜어져 나온 푸른 빛이 아래에서 위로, 녀석의 얼굴을 퍼렇게 물들였다.

이미 폭발시킨 감정은 억누를 수 없는 단계까지 진입해 있었다.

애초부터 푸른 눈이었다. 거기에 벼락 줄기의 빛까지 보태졌다. 녀석의 눈빛은 그야말로 퍼런 불꽃으로 이글이글 타올랐다.

그렇기 때문이었다.

그런 배은망덕(背恩忘德)이 나를 더 자극했다. 골드슈타 인이 어떤 가문인가.

아량을 베풀어 줬다. 패잔병들을 거둬들였다. 멸족을 피 하게 해 줬을뿐더러 클럽의 말단이나마 유지할 수 있게끔 돌봐 주었다. 양측 간의 이득을 계산했다 쳐도 부정할 수 없는 사실이다.

그런 아량이 없었다면 골드슈타인은 역사의 뒤안길로 진 즉에 사라졌을 가문인 것이다.

그런데 뭐?

바깥에 나오면 나부터 찾아왔을 거라고? 나를 죽여 놓을 거라고?

지긋지긋했다. 이것들의 저열한 습성이…….

[데비의 칼을 인드라의 칼로 변환 하였습니다.]

녀석이 자신하는 살인 병기는 내게도 있었다. 그것도 온 갖 것 중에 하나일 뿐.

[인드라의 칼을 시전 하였습니다.]

녀석의 벼락 줄기가 내게 꽂히려던 순간에, 녀석의 것을 밀고 나오며 시작되었다.

빠지지직—

힘겨루기 따위가 있을 리 만무했다. 녀석의 벼락 줄기가 강물의 약한 파장이라면, 내 벼락 줄기는 최고조에 이른 해일이었다.

밀고 나오자마자 녀석의 가냘픈 줄기를 집어삼켜 버렸다.

뇌력과 뇌력의 충돌은 많은 뇌전 줄기들을 파생시켰다. 갈래갈래 찢어져서 나왔다.

그 전까지만 해도 여기는 살의와 분노가 범벅되어져 있던 공간이었다. 하지만 녀석과 내 감정 같은 건, 온갖 뇌력 줄기들이 춤을 추는 아름다운 광경 속에 묻혀 버렸다.

그래서 녀석까지도 황홀경 속으로 빠져들었다. 감히 그렇게 말할 수 있을 정도로 두 뇌력의 충돌은 여기에 환상을 내려놓았다.

거기까지가 찰나에 일어난 일이다.

[스킬, 인드라의 칼을 파훼 하였습니다.]

그러나 녀석의 벼락 줄기가 산화되었을 때.

두 개의 인드라의 칼 중 이제 남은 것은 하나뿐이었다. 사방으로 찢겨져 나왔던 벼락 줄기들은 거기로 재응집됐다.

그러고는 바로 녀석에게 꽂혔다.

"읍!"

비로소 녀석의 두 눈이 부릅떠졌다.

어떻게 당신도?

녀석이 보내온 그 경악스러운 시선을 끝으로 녀석의 얼굴은 와락 일그러졌다. 녀석의 비명도 한 번에 터져 나왔다.

쩍 벌려진 입 안에서도, 고통에 몸부림치는 눈깔 두 짝 위에서도.

빠직. 빠직!

벼락 줄기들이 튀어 대기 시작했다. 녀석의 전신은 빠른 속도로 떨려 댔다.

"으아아악!"

녀석의 비명 소리는 바깥에 대기하고 있던 녀석들을 불러들이기에 충분할 만큼 컸다.

나는 정의가 아니지만, 그렇다고 액받이 무녀도 아니다.

나를 죽이려고 달려드는 녀석들에게 하하호호 웃어 줄까? 보살처럼 자비로운 미소로, 이런 안타까운 중생들아 하면서?

빌어먹을. 그런 환상 속의 이상적인 인간상을 내게 찾지 마라.

그런데 대체 언제까지.

언제까지 이런 것들 때문에…….

*　　*　　*

오딘의 도시가 프랑크 길드에 의해 공격받고 있다는 메시지가 떴을 때.

태한은 프랑크 길드의 운명을 직감했다. 그래서 그가 급히 소집한 병력은 포로들을 수용하기 위한 구성으로 맞춰져 있었다.

역시나 맞았다. 그가 가는 중에 모든 상황이 끝나 버렸다.

[길드 '프랑크'가 해체 되었습니다.]

도착한 도시에선, 오딘이 무너진 시청 건물의 잔재를 깔고 앉아 있었다.

살짝만 건드려도 잿가루로 부서져 버릴 팔다리들이 여기저기 빠져나와 있었다.

실제로 어디 한 곳의 파편 덩어리가 무너졌을 때는 그것들이 잿가루로 흩어져 아무렇게나 나부꼈다. 그때마다 핏물을 채 닦아 내지 못한 오딘의 얼굴 위로 그것들이 덕지덕지 달라붙었다.

한편 오딘의 앞에는 무릎 꿇은 수만 명이 숨을 죽이고 있었는데, 프랑크의 길드장이나 군단장급 인사로 보이는 자는 거기에 없었다.

오딘 밑에 깔린 잔재 속 어딘가에 그들의 시신이 있을 것이다.

태한은 자신을 나무랐다. 더 빨리 움직였어야 했다. 프랑크 길드가 오딘과 충돌하기 전에.

"늦어서 죄송합니다."

"뒤처리를 부탁하지. 끝나면 중앙 지역으로 진출하도록."

"기다려 주십시오."

태한은 잔재에서 뛰어내린 오딘의 등에 대고 황급히 말을 내뱉었다.

그러나 오딘의 서늘한 시선을 마주하자 어떻게 말을 시작해야 할지 머릿속이 깜깜해졌다.

말을 어떻게 하느냐에 따라, 자신의 진심이 다르게 들릴 수 있었다.

"지난 장 내내, 한숨도 주무시지 못하셨습니다."

그랬다.

덕분에 2막 1장에서 더 큰 피해 없이 살아 나올 수 있었지만, 구원자 오딘도 결국엔 사람일 수밖에 없었다.

오딘이 밤낮 없이 결계와 나이트 습격에 매진했던 당시.

오딘은 하루하루 날카로워져 갔었다.

말을 붙이기 힘들 만큼, 그의 친척 누이인 김지애마저도 오딘의 신경질적인 시선을 받을 만큼.

그래서 두렵기만 한 그 시선을 감당하지 못했다.

항상 수면 부족에 시달려서 퀭한 오딘의 두 눈은 너무도 위험해 보였다.

그런데 이는 레볼루치온의 전력이 부족했기 때문에 일어난 일이었다. 오딘께서 그렇게 하지 않으면, 전멸당할 수밖에 없었던 전력이었기 때문이었다.

2막 1장은 모두가 힘든 시기였다.

하지만 확신하건대, 가장 힘든 사람은 바로 오딘일 수밖에 없었다.

그런 압도적인 공능을 가지고도 어쩔 수 없는 사람이었기에.

태한은 그런 일이 다신 있어선 안 된다고 생각했다.

구원자 오딘은 악신 둠 카오스의 유일한 대적자가 아닌가.

"돌려 말씀드리지 않겠습니다. 세계 각성자 협회 외에는, 캣 푸드 웨어 하우스, 신 삼합회 모두 오딘께 고개를 조아리지 않을 겁니다. 그들은 오딘께서 무엇을 하실 수 있는지 모르는 자들입니다. 애석하게도."

충돌들이 예정되어 있다.

그들 길드의 길드장과 간부진들은 프랑크 길드의 전철을 밟을 것이다.

이는 곧 그만큼의 부담이 오딘에게 실린다는 뜻이었다.

태한의 목적은 뚜렷했다.

여기까지 도달한 강자들을 레볼루치온 안으로 온전히 흡수하는 것.

그렇게 오딘의 조력을 최소화하여, 오딘이 앞길을 치워주는 것이 그가 가진 앞으로의 사명이라 생각됐다.

누군가는 오딘을 보좌해야 한다. 되지도 않는 것들이 오딘을 시험해서는 안 된다. 전 인류가 이 전쟁에서 승리하기 위해서는 기필코 말이다.

태한이 말을 끝낸 후, 그를 바라보는 오딘의 시선이 길어
졌다.

"……처럼 구는군."

오딘이 말했다.

그러나 누구를 지칭했는지는 너무 희미해서 잘 들리지
않았다.

"예?"

"말로 들어먹을 것들이 아니다. 다들 제 잘난 맛에 살고
있겠지."

태한은 이상한 느낌을 받았다.

수면 부족에 시달리던 때의 오딘처럼 어투에 가시가 돋
쳐 있었다. 단순히 대들었던 놈들을 혼내 줬던 것치고는.

어쨌든 태한은 준비해 뒀던 대답을 꺼냈다.

"기억하십니까. 1막 2장에서 저는 오딘의 부름에 바로
응했습니다."

태한은 다른 세력의 길드장들도 여기까지 올라온 자들의
리더라는 사실을 상기했다. 그들도 어리석지 않을 것이라
기대하며 오딘의 대답을 기다렸다.

그런데 그때, 뜻밖의 대답이 들려왔다.

"캣 푸드 웨어하우스는 내 그룹이다. 그들을 동참시키는
게 좋겠군. 여기서도 몇 놈 더 추가해서."

"그럼 신 삼합회만 끌어다 놓으면 되는 것입니까?"

"세계 각성자 협회는 가짜다. 조슈아 외에는 그 이름을 쓰지 않기로 되어 있다. 세계 각성자 협회(3)이 조슈아의 세력이었다면 바로 우리를 찾아왔겠지."

'역시…… 시작의 장 이전부터 전부 계획되어 있었구나.'

태한은 감탄했다.

그때 오딘의 말이 이어졌다.

"조슈아는 시작의 장이 끝난 후, 세계 각성자 협회를 이끌도록 준비된 녀석이었다."

그런데 녀석이었다, 라니?

태한은 오딘의 이름 아래에선 무엇이든 가능할 거라고 생각해 왔음에도, 막상 조슈아 폰 카르얀을 한참 아래로 보는 말을 대하자 온몸이 바짝 굳어지는 느낌을 받았다.

등줄기를 타고 찌릿 올라오는 느낌도 동시에 있었다.

"하지만 녀석도 상위 무대로 특정되어 쓸려 버렸을 테지. 이태한."

"예."

"레볼루치온 대부분은 파괴되었다. 투모로우도 마찬가지겠지. 세계 각성자 협회가 구심점을 잃은 것이 현 상황이다."

방금 느꼈던 것은 소름으로 번지기 시작했다.

무슨 일이 벌어지고 있는지 왜 모를까. 조슈아 폰 카르얀의 후계로 자신이 지정되고 있는 것이다. 또 오딘은 정말로 그런 권한이 있는 분이셨다.

쿵! 쿵!

작지만 강력한 북소리가 가슴 안에서부터 울려 퍼지기 시작했다.

"만일 조슈아가 살아 복귀해도 네 공로는 인정될 것이다. 자신 있다면 해 보도록. 세계 각성자 협회의 재건 말이다."

"자신이 없었다면 그런 말씀을 드리지 않았을 겁니다."

"좋아. 성공하든 못하든, 바깥에 돌아가면 일성의 지배 지분과 계열사들의 모든 지분을 돌려주마."

태한은 일성 그룹의 총수 직함 따윈 오래전에 버려서 미련이 없었어도.

그때야말로 그의 시선에서 주변 광경이 지워졌다. 내내 귀에 맴돌던 프랑크 길드원들의 신음 소리도 함께 사라졌다.

오로지 오딘의 얼굴만 큼직하게.

그분의 목소리만 또렷해졌다.

일성의 지배 지분과 계열사 지분들은 크게 세 그룹에게 나뉘어져 있다.

지배 지분은 전일 그룹의 손아귀에 다 들어간 반면에, 온갖 계열사들의 지분은 전일 그룹과 조나단 투자 금융 그룹 그리고 질리언 투자 금융 그룹의 한국 법인에 잠식당했다.

그런데 모든 지분이라니?

틀림없이 모든 지분이라고 하였다.

그 거대한 자본 세력들의 주인이 정말로 오딘이었단 말인가!

그 순간 태한의 뇌리를 스치고 지나가는 한 사람이 있었다.

정확히 말하자면 본명도 아닐 존 도(John Doe)라는 이름으로 알려진 인물.

조나단 투자 금융 그룹의 최대 주주이며 단 한 번도 세상에 모습을 드러낸 적이 없던 인물.

사실은 세계 모든 자본이 그 인물의 주머니 안에서 놀고 있었다.

태한의 목소리가 떨려서 나왔다.

"조나단 투자 금융…… 질리언 투자 금융…… 전일 그룹…… 제이미 코퍼레이션……"

"그래. 전부 내 회사다. 그러니 절대 잊지 마라. 이태한. 내가 그것들을 왜 세웠고. 시작의 날에 세계 금융 시장을 왜 지탱했는지. 내가 앞으로 무얼 하려는지. 네가 어디에 속하게 되었는지."

"……."

"날 실망시키지 마라."

쏴악!

태한은 지금껏 보지 못했던 신세계로 다시 빨려 들어가는 기분이었다.

거긴 시작의 장 따위와는 비교가 되지 않는 세계였다.

'정녕이지 당신께선…….'

그때 툭툭.

태한의 어깨를 건드린 두 번의 손짓에, 그의 두 눈이 부릅떠졌다.

이가 악물렸다. 그는 크게 숨을 들이쉬었다가 천천히 내뱉었다.

감사합니다. 제 모든 걸 바쳐 믿음에 보답하겠습니다. 오딘이시여.

그렇게 말해야 하건만 입술이 떨어지지 않았다.

그때도 온몸에 이는 전율은 무릎을 꿇으라 줄기차게 종용하고 있었다.

태한의 몸이 가라앉기 시작한 건 그때부터였다. 그의 한 쪽 무릎이 땅에 닿았고 시선은 오딘의 발끝으로 향했다.

양손은 굽혀진 무릎에 공손히 올려졌다.

그것이 그가 할 수 있는 최고의 예이자 대답이었다.

구원자이자 지구의 지배자를 향한.

⟨다음 권에 계속⟩

하라칸

쥬논 판타지 장편소설

핏빛 판타지의 연금술사, 쥬논.
그가 펼치는 공포와 선혈의 환상 세계!

『흡혈왕 바하문트』, 『샤피로』를 잇는 그 세 번째 이야기.
검푸른 마해(魔海)의 세계에 그대를 초대합니다.

dream
books
드림북스

수라전설 독룡
시니어 신무협 장편소설
ORIENTAL FANTASY STORY & ADVENTURE
“하나도 남김없이 모두 죽일 것이다.
놈들을 전부 죽일 때까지 절대로 끝내지 않아.”
유구한 역사를 자랑하는 약문(藥門)들의 잇따른 멸문지화.
시체가 산처럼 쌓이고 피가 바다처럼 흐르는
절망의 지옥에서 마침내 수라(修羅)가 눈을 뜬다!
dream books
드림북스

무적군주 로이스

ORIGINAL FANTASY STORY & ADVENTURE

오렌 판타지 장편소설

만인의 작가 오렌이 선보이는
또 하나의 매력적인 환상의 세계!

'한계를 깨뜨리고 진정한 운명을 개척해?
미스토스의 계약을 하라고? 이게 다 무슨 소리야?'

아무것도 모른 채 마화(魔花) 루비아나의 손에 키워진
로이스에게 미스토스 군주라는 운명이 주어졌다.

무한의 세계에서 펼쳐지는
절대 무적의 군주 성장기가 시작된다!

dream
books
드림북스